承載思念的蒲公英

瀰霜

插畫／Chiya

Kadokawa Fantastic Novels DX

Contents

承載思念的蒲公英
瀰霜
插畫／Chiya
Kadokawa Fantastic Novels DX

Chapter 00 序章 給迪雅小姐的信

致迪雅：

好久不見，別來無恙嗎？

抱歉，作為闊別多年後的第一句話似乎應該要更特別一點，可是前思後想，我還是想不出該說些什麼，請原諒我本質依然是個不擅言辭的人。

村裡的大家還好嗎？對了，村口那棵櫻花樹，最後有沒有砍下來呢？雖然有點擋路，不過櫻花隨風飄落的美麗畫面，我始終認為這是村民世世代代該有的共同回憶。

說來，妳還記得嗎？我們首次相遇的地點，也是那棵櫻花樹下啊。

那天清晨，剛通宵達旦鑽研魔法術式的我，拖著快要虛脫的身體路過村口，恰巧碰見片片粉櫻落下，一名長髮少女樂在其中，伸手迎接花瓣的情景。

太夢幻了吧？我正疑惑眼前的一切到底是現實還是夢境時，妳忽然露出一副哭喪臉跑來求救

——原來有隻甲蟲掛在妳的頭髮上了。

實在太有趣了。

過了這麼多年，想起那幕我仍然忍不住發笑。

……真奇怪，明明已經離開村莊很久，可是一閉上眼睛，所有事物依舊如此鮮明。

不知不覺間，我回想起很多往事。

接下來，來說說我旅行至今的所見所聞吧！

第一章 Chapter 01 魔偶與貓的使命

迪雅，妳知道什麼是雪嗎？

它好像櫻花的花瓣，會不斷從天上飄落，然而握在手裡時便會融化成水點。這樣解釋好像太不浪漫了，畢竟我唯一認為能媲美故鄉的落櫻，就是雪花紛飛的情景。

只要棲身在白茫茫的景色中，所有煩惱便宛如被積雪淨化似的，心情不自覺變得輕鬆起來。

真希望也能讓妳看看。

說來，我第一次看見雪的時候，還以為自己過度思鄉產生了幻覺。無垢而沉靜的飄雪中，彷彿又能看到妳在櫻樹下的身影。

然而妳所在的地方，是那個充滿綠意的故鄉。

我第一次離開玩偶店，來到這麼遙遠的地方。

這裡和我們的小鎮不一樣，沒有橘橘紅紅的楓樹，取而代之的是一大片松樹林。

咦，這是什麼？

我伸手接下從天而降的小白點，放在掌心輕輕搓弄。它微小得像雨，可是比雨更美麗，也不會順勢流走。

「對了，蒲公英還沒見過雪喵。」

走在前方的黑貓卡拉，似乎察覺到我的疑問，抬頭望著灰濛濛的天空，主動為我解答。

……雪？

「天氣太冷的時候，雨就會變成一顆小小的冰塊喵，人類把它喚作『雪』。」

卡拉忽然打了個哆嗦，降落到他身上的雪都掉到地面了。

「趕快進城吧，快冷死了喵！」

踏入冰劍蘭國後，卡拉不時會喊著「好冷好冷」。雖然我沒辦法感受，可是冷似乎讓人不太舒服。

「對不起，我馬上就來。」

見卡拉轉身就走，我只好加緊腳步追上。

再見了，雪。

「說起來……卡拉見過雪了嗎？」

「從前和主人旅行時，早就見怪不怪喵。」

真羨慕啊……我也想和老爺爺一起看雪。

自從和卡拉展開旅程，我深深感到這個名為「世界」的地方，實在比玩偶店大上很多很多。

展望松樹林的盡頭，是一堵冰藍色刻有劍蘭圖案的拱形城門，卡拉說這是冰劍蘭國的邊境城鎮。

老爺爺是不是也曾經看過同樣的風景呢？

城門的背後，還會遇見什麼新奇事物嗎？

「雖然很遺憾……」

在城門前負責入境登記的接待小姐，穿著厚厚的大衣、長裙，以及像卡拉一樣毛茸茸的靴子。我摸摸頭上戴著的遮陽帽，又低頭看了看身上的蕾絲及膝裙……差距太大了，我好像和這裡有點格格不入？

不過比起衣著，她說的話更令我們在意。

「但如果沒有人類陪同，除非已經預先辦理貨物入境申請，否則魔偶不能隨便進城。」

卡拉和我不禁面面相覷，沿路以來的城鎮也沒這種規定啊！

「可是，我們的主人萊恩．貝爾默先生，三個月前與世長辭了……」

如實告訴接待小姐的話，她應該能稍微通融一下吧？

「我們正在替他寄送一封很重要的信件，請妳幫幫忙。」

比起剛才，接待小姐的笑容好像多了些困惑：

「對不起，冰劍蘭國縞月城就是這麼規定的……」

這下該怎麼辦才好？我想再說些什麼央求對方，卡拉卻示意我住口。

他的眼神變得銳利起來，難道……要使出那招了嗎？

只見卡拉姍姍走近接待小姐的腳邊，一雙瞳眸睜得圓圓大大，直盯著對方的眼睛。

「喵嗚……小姐，真的不能通融一下喵？」

他輕呼一聲躺了下來，然後露出肚子在地上磨磨蹭蹭。

「好可愛……」

看到卡拉的這副模樣，接待小姐的表情馬上軟化，忍不住蹲下來搔搔他的下巴。

不一會兒，她便滿心歡喜地取出一份文件，偷偷遞給我們。

「雖然這樣不太恰當，不過現在來補辦手續的話——」

接待小姐果然中招了！

「卡拉，這到底是什麼魔法？」

每次看到這幕我都覺得很神奇，他是怎麼令人類輕易就範的呢？

「反、反正對妳又沒效……別管那麼多了，快填完進城喵。」

不知為何，卡拉總是不願意告訴我。下次——下次我一定要仔細看出端倪。

現在，還是好好申報資料吧。

貨物名稱：蒲公英

種類：魔法球體關節人偶

來源地：風車葉國艾寶城八點半街　貝爾默玩偶店

尺寸大小：五顆蘋果高　五個蘋果重　造型為十三歲少女

「申請表確定沒問題，貨品入境費是五萬勒多。」

原來還要付款才行啊。

五萬勒多……五萬勒多……

咦咦——這金額，不是玩偶店合計三個月才有的營業額嗎？

「另外，這隻貓咪還沒填寫表格哦。」

「喵喵喵，小姐妳搞錯了，本大爺才不是魔偶。」

卡拉正襟危坐、尾巴一甩，頸圈上的月光石似乎也變得閃閃發亮。

「本大爺是夜貓族的純種黑貓妖，是活生生的稀有品種喵。」

聽完卡拉的自我介紹，接待小姐笑了一笑：

「真是非常抱歉，基於公眾安全，沒有寵物證明書的魔物一律禁止入境。」

卡拉陷入沉默。

「喵，如果現在補辦……」

「證明書一定要有人類簽名才行哦。」

「其實本大爺也是一隻魔偶喵……」

「那麼，請先填申請表，貨品入境費一共是十萬勒多。」

「嗚……十萬就十萬喵！」

「卡拉，不行！」

「又怎麼了喵？」

「錢不夠。」

於是，方才還滿心期待接下來的旅程，沒想到現在連門檻都沒跨越，就已經被拒絕入境。

看著眼前緊閉的藍色大門，卡拉明顯一肚子悶氣。

現在該怎麼辦才好？

「要是繞點遠路，能過去嗎？」
「不行喵，縞月城是兩座高山之間唯一的平原。想繞路的話——」
卡拉用貓爪遙指左右兩方、頂端一片白茫茫的山峰。
「除非我們是山羊，否則不可能在那種懸崖峭壁攀爬喵。」
換句話說，要是不能通過這裡，就沒辦法到達目的地，老爺爺的信也永遠無法寄出。
這下麻煩了，難道別無他法了嗎？
「哼，愚蠢的人類，你們才攔不住本大爺喵！」
尾巴重重甩了好幾下，卡拉忽然像是想到了什麼，三步併兩步匆匆走進松樹林。我吃力追上他的步伐，沒多久便聽到樹林深處傳來潺潺水聲。
是河流嗎？
我們來到河邊做什麼？
撥開阻礙視野的灌木叢，呈現眼前的竟然是個隱藏在叢林中的下水道排水口。
「抓緊我的尾巴喵，不然待會太黑看不見路，要是掉進水可就麻煩了。」
見我抓緊了他的尾巴，卡拉馬上昂首闊步朝排水口走去。
咦？
等等，我們要去哪裡？

什麼太黑？什麼掉進水？

「卡拉，現在是什麼情況？」

我連忙拉住他的尾巴緊急煞車。我們現在應該要爭取時間，想辦法入境才對呀？

他的舉動令我感到費解，沒想到他說出了更加不明所以的答案：

「不就是進城喵？」

進城……從下水道？

我懂了！這麼狹小的排水口，人類根本沒辦法鑽進去。

但換成貓和魔偶的話，情況就完全逆轉了。

「難、難道我們要非法入境？」

老爺爺常常教導我們，不能仗著自己體形嬌小，貪圖方便而犯法啊！

「喵喵喵……蒲公英妳說錯了，我們只是不循人類途徑進去而已。」

卡拉非常不認同地搖搖頭，糾正我的話。

「再說我們本來就不是人類，管他什麼法律喵。」

或許是因為卡拉的見識比我豐富，他的想法有時候獨特得令我難以理解。一如現在的發言，好像說得通，又好像有哪裡不對……

算了，總之跟著卡拉走準沒錯。

和卡拉所說的差不多，下水道十分幽暗，四周迴響著滴滴答答的水聲，路面也凹凸不平。我半爬在水尚未淹浸的邊緣，要不是抓住卡拉的尾巴，我大概早已摔進水裡好幾次。

我不喜歡這裡，如果可以早點找到出口就好了。

因為老爺爺說過，玩偶待在充滿水的地方太久會發霉。霉對魔偶而言是種可怕的頑疾，一顆顆黑點從各處冒出，不停擴大，最後侵蝕整個身體。

還有就是……這裡不知為何令我想起老爺爺下葬的時候。

「卡拉，老爺爺待在那個地方，會習慣嗎？」

棺木裡沒有燈，泥土又把棺木蓋得密不透風，老爺爺只能躺在黑暗中，會不會很難受？

「……說什麼傻話喵。」

我們在下水道裡左拐右轉，卡拉或許是一直在專心探路吧。不知過了多久，他才開口回答了我的疑問：

「主人不會再醒來，有沒有光已經沒關係了。」

永遠不會醒來的午睡。

卡拉說，這就是死亡。

「這邊有光，看來快到達城裡了喵。」

卡拉忽然指指前方上端，那裡有個能看到天空的洞口，還飄下了幾片雪。

愈接近排水口，通道便變得愈陡斜又狹窄。現在不用抓住卡拉帶路了，我索性鬆開他的尾巴伏地爬行，卡拉則興奮地加快腳步，率先鑽了出去。

我有些艱辛地爬出排水口，眼前的景色馬上令我感到茫然又不可思議。

卡拉一臉得意洋洋，好像正等著我誇讚他一樣。

「歡迎來到縞月城喵。」

我們身處的位置說不上一覽無遺，然而仍可清楚看到城裡以藍白色為主調的建築物，有些房子的屋頂已積了一層薄薄的雪。不遠處的市集熙來攘往，人潮聲隱約傳來，與城外寧靜的松樹林相比，城裡比想像中熱鬧得多。

這就是——冰劍蘭國縞月城。

嗯……雖然用了奇怪的方法，不過總算抵達了。

「快點找個暖和的地方休息喵，明早還要找方法出城呢。」

話音未落，卡拉已經俐落地從下水道邊躍下。

出城啊……

回望那條漆黑又濕漉漉的下水道，我一邊邁出腳步，一邊打從心底希望接下來不要又鑽進下水道就好——

咦？沒有著地？

「啊——」

回過神來時，我發現自己正不斷往下墜，混亂中好像撞到了什麼雜物，還聽得見卡拉焦急的呼叫聲。

噗！

我似乎掉落到一個帳篷上。

然而糟糕的是，帳篷並沒有阻止我的跌勢，還反彈了一下。我在半空中偷偷一瞥，下方似乎是一條沒雜物沒帳篷、沒遮沒掩的街道。

我們明明剛爬出下水道，為什麼出口會距離地面這麼高？

這下鐵定要摔散一地了——快貼近地面時，我不由得閉上眼睛。

雖然不會痛，但還是好可怕啊！

咚咚咚噗！

……著陸了嗎？

手呢？腳呢？嗯嗯，還在還在。

啊，不對不對，頭部才是最重要的吧——呼，也好好黏在脖子上沒搞丟，太好了……亂抓亂踢了一陣子，再三確認四肢健全，我才敢張開眼睛，打算找找看是不是有什麼零件脫落——

「哇！」

當我張開眼睛，一個小男孩的臉龐便映進眼簾。

我被突如其來的陌生臉孔嚇了一跳，他卻笑得很燦爛，還主動扶我坐起。

「謝……」

「妳是爸爸新造的魔偶，對吧！」

什麼？

當我正想向小男孩道謝時，他突然說話了，可是我一點都不明白他在說什麼。

我還沒搞清楚為什麼會憑空出現一個十來歲的金髮小男孩，他已十分粗魯地一手將我塞進懷裡。

「等一下……」

請不要抓住我！

「爸爸真厲害，她和白雪好像哦！」

咦，他是不是搞錯了什麼？

他朝後方非常高興地叫嚷，然後雙手用力推著椅子兩旁的大滾輪扭轉方向——原來他右腳包得腫腫的，需要靠輪椅代步。

「爸爸！你終於願意做個新魔偶給我了嗎？」

「對不起，你誤會了……」

小男孩的身後是一間禮品店。他迫不及待似的衝向店門，完全不打算聽我解釋，看來要先等他冷靜下來才行。

可是，我該如何通知卡拉？我焦急地左顧右盼，倏地一個黑影直直飛撲上小男孩的手臂。

——是卡拉！

「哇呀呀呀——好痛——」

「小偷！快放開蒲公英喵——」

「卡拉！不可以咬人！」

「發生什麼事？」

小男孩痛得亂哭亂叫、卡拉狠狠亂咬亂抓、我抱著貓尾亂拉亂扯，然而所有混亂止於一聲雄厚有勁的怒吼。

只見一名看似是禮品店老闆的中年男子，匆匆從店裡跑出來了解情況。

「爸爸——黑貓要搶走我的新魔偶啦！」

小男孩一看到父親，馬上哭哭啼啼地告狀。父親聞言，望著仍緊抱貓尾一動不動的我，重重地嘆了口氣。

「這不是我做的，是別人的魔偶。」

「可是她明明和白雪那麼像！」

「丹尼，我不是告訴過你，我不會做新魔偶給你嗎？」

「明明爸爸這麼厲害，為什麼就是不做一個新的白雪給我啦！」

小男孩忽然又放聲大哭起來，父親只好努力安撫他。一陣混亂中，我的袖子驀然被猛力一扯，抬頭便看到卡拉偷偷叼著我跳回地面。

「趁現在快逃喵！」

「卡拉，你抓傷了別人，我們應該要好好道歉……」

「別忘了我們非法入境喵！被抓到又得鑽下水道了！」

咦？卡拉，你不是說過別管人類法律嗎？

「哎呀！我想起來了！」

正當卡拉和我僵持不下時，小男孩的父親忽然叫了一聲。

被發現了——

「快逃喵！」

我的雙腳再也碰不著地，卡拉不容反抗似的迅速把我抬到背上狂奔起來。

「難道妳是貝爾默先生的魔偶？」

聽到熟悉的名字，卡拉瞬間停下了腳步。

是認識的人嗎？

我們回頭認真地看著那對父子，然後又互望了一眼。

眼前的陌生男人，怎麼會知道老爺爺的名字？

「要不是爸爸吩咐，我才懶得理你們！」

如今丹尼不只右腳，連左手也包得腫腫的。

這對父子的禮品店跟我們的玩偶店一樣，屬於住商混合。不過，他們的生意似乎比我們好多了，丹尼的爸爸分身不暇，只好交代兒子招待我們。

「丹尼，請問你們認識老……呃，就是貝爾默先生……」

「不知道！」

我的話還沒說完，丹尼便很不耐煩地回答了。

他一邊鼓著腮幫子，一邊領著我們進屋。

是在氣卡拉抓傷他嗎？

還是氣父親不依他呢？

經過琳琅滿目的店面，轉眼間，我們來到一道厚實的大門前，上頭掛著「非請勿入」的木板。

丹尼用力又粗暴地敲著門……家裡還有誰在嗎？

「蒲公英，好好躲在我後面。」

不知怎地，從獲得丹尼父子邀請至他們家作客到現在，卡拉一直緊盯著丹尼，一臉警戒地擋在我前方。

「總覺得門後有不好的東西喵。」

不好的東西？

我把目光投向深楬色的門，越過卡拉，穿過輪椅。此時門把從內緩緩扭開，狹長的縫隙裡滲著一絲光芒——

驀地一個黑影遮蔽了上方的光，一隻大蜘蛛猛然從門後閃出！

「何方妖孽喵——」

卡拉弓起身子準備攻擊……不對，仔細看清楚，那不是妖怪啊！

我連忙抱住卡拉的脖子，阻止他撲上前。
「卡拉，是魔偶！」
「歡迎回來！少爺——」
那隻以絨布做成的大蜘蛛熱情地撲到丹尼的臉上磨磨蹭蹭，八隻爪緊緊纏著他的頭不放，丹尼掙扎了幾下，拚命將她拉開。
雖然是魔偶，但這畫面實在是……
「晚餐已經準備妥當了！今天的甜點有少爺最喜歡的蘋果奶凍唷！」
「行了、可以了！放開我！」
「少爺不用害羞，少了白雪就由我們來——咦？」
蜘蛛說到一半，忽然注意到輪椅旁的卡拉和我，四隻眼睛盯著我眨呀眨。
一抹涼意從腳底竄出，卡拉和我不由自主地打了個冷顫。
「天啊——大家快看，是新魔偶耶！」
她朝門後又驚又喜地高呼一聲，隨即放開丹尼，吐出白得像蜘蛛絲的繩子飛快降落，八隻爪落在地面，啪嗒啪嗒地高速靠近。
「嘶嘶——別靠過來喵！」
卡拉，不可以！

卡拉嚇得連尾巴也炸毛了，我還來不及阻止，他已經伸爪一記拍在蜘蛛臉上，整隻蜘蛛咚、咚、咚地把半掩的門撞了開來！

門後出現了七位比我更矮小的小矮人魔偶。

繼涼意之後，壓迫感倏地竄出，十四隻圓眼閃亮亮地盯著我。請問是……怎麼了嗎？

新魔偶！

她好像白雪！

比白雪還要像人類！

主人萬歲——

——雖然沒有嘴巴，無法發聲，可是我能感應到他們的想法正七嘴八舌地襲來。

「不對，不是這樣的……」

他們蹦蹦跳跳走來，手牽手繞著卡拉和我，無聲地載歌載舞，霎時間我也不知道該從何解釋才對。

蜘蛛收回繩索，吊在丹尼面前手舞足蹈，興奮地問：

「主人終於製作新魔偶給少爺了嗎——」

「真是夠了！」

丹尼倏地丟下這句話，怒氣沖沖地推著輪椅衝入房間，撞得蜘蛛失控地搖搖擺擺。

少爺生氣了。

少爺為什麼生氣？

舞蹈不好看？

不喜歡跳舞？

——原本正熱烈慶祝著的小矮人立刻愣在原地，一臉茫然。

不是你們的錯哦，只是因為……

「他們不是新魔偶，是客人啦。」

丹尼父親的聲音從背後響起，他伸手穩住了蜘蛛。

「別站著說話，進來坐吧。」

我們來到客廳，壁爐映出柔和的橘黃火光，沿牆的木架擺放了大大小小、種類和材質不盡相同的娃娃。旁邊的零件和工具零星散落在工作桌上，中央還有一個尚未完成的布偶。

……好懷念啊。

這張寬大的工作桌突然跟我記憶中的那張桌子重疊了，許多回憶頓時湧現心頭。

老爺爺的工作室裡有張狹小又凌亂的工作桌，閉上眼睛，我仍能清楚看到夜裡他獨自坐在桌前，專注地製作玩偶的背影。

這個時候我會端上熱茶，幫忙做點細活。偶爾卡拉也會來湊熱鬧，可惜最後不是把毛線球抓得亂成一團，就是占了大半張桌子呼呼大睡。

但老爺爺從沒因此生氣。每次卡拉幫倒忙時，老爺爺總是笑著抱起他，或是摸摸他的頭，然後繼續默默工作。

「忘了自我介紹，我是住在縞月城的魔偶師，洛威．蓋比特。」

蓋比特先生的話拉回了我的注意力。

老爺爺說過，魔偶術是一種古老又複雜的魔法，能驅使沒有生命的東西活起來，為施法者效命。習得這類魔法的人一般稱為魔偶師，而那些被施了魔法的娃娃則被稱為魔偶。

所以，他跟老爺爺一樣是位魔偶師？

洛威．蓋比特……這名字有點耳熟，好像在哪裡聽過……

「喵喵！莫非你就是——」

卡拉比我快一步想起對方是何人，驚訝得連瞳孔也放大了。

「——不時會和主人書信來往的那個洛威．蓋比特喵？」

蓋比特先生笑了笑，指使蜘蛛吊在書櫃前翻找。

「多年前，貝爾默先生曾經造訪敝店，得知我同是魔偶師後，有幸交流了一下。」

不一會兒，蜘蛛抽出幾封信件遞給他，隨後吊回天花板離開了。

「這些年來，他常為我解答製作上的疑難雜症，真的是位很出色的魔偶師。」

我們接過信件，上頭滿是老爺爺的字跡、簽名，以及玩偶店的專屬蠟印，而且收件者全都寫著蓋比特先生的名字。

沒想到居然能遇見老爺爺的故知！

「我想你一定是卡拉了吧？當年還是小貓，現在都圓圓胖胖了。」

聞言，卡拉氣得將耳朵向後翻。

「不是胖是健碩！還有，本大爺是夜貓族的純種黑貓妖，不是普通的家貓喵！」

嗯……卡拉，對不起，除了能和人們交談外，其實我也看不出你和普通的貓有什麼分別。

蓋比特先生輕笑了數聲，轉而語調輕鬆地問及了一個沉重的近況：

「是說為什麼你們會在縞月城呢？我記得風車葉國距離這裡頗遠啊？貝爾默先生近來好嗎？」

「……」

卡拉和我同時沉寂下來，客廳霎時變得靜悄悄的。

「老爺爺……在三個月前病故了。」

卡拉默不作聲地撇過頭去，只好由我告知蓋比特先生這個惡耗。

說完，我不自覺伸手按著由珠扣錢包改造而成的斜背包。除了零錢和一些雜物，裡面還有一封泛黃的舊信件。

「我們正打算前往墨櫻桃國，尋找一位名叫迪雅的小姐。老爺爺生前寫了封信，我想親自交給她。」

老爺爺下葬後的一星期，卡拉和我無意間發現帳簿裡夾著一封信。

信裡寫著的一切，全是卡拉和我從未聽老爺爺提及過的往事。

關於遙遠的故鄉，關於思念一個人。

為什麼老爺爺沒有寄出這封信呢？

卡拉說，信上的日期恰巧是玩偶店開幕的前一天。那麼，會不會是玩偶店開幕時太忙，結果忘記了？

如果真是這樣，迪雅小姐永遠都不知道老爺爺的心意，不是太可惜了嗎？

「卡拉，墨櫻桃國距離玩偶店有多遠？」

那時我看著信封上的地址，是個我從沒去過的地方。

「以我們的比例，大概是——」
說到一半，卡拉似乎察覺到我的意圖，一雙貓眼變得銳利不已。
「妳打算幹嘛喵？」
坦白的話，卡拉大概又會說我沒常識了，我甚至能預料到他接下來的質問。
不過，我決定了。
「我想親手把這封信交到迪雅小姐手上。」
妳知道墨櫻桃國在哪裡喵？
知道有多遠喵？
連八點半街和七點半街也能搞錯的妳，竟然說要遠行？
一個娃娃流連荒野、攀山涉水，妳知道有多危險喵？
妳到底知不知道這個決定有多愚蠢喵——
「……明白了喵。」
想像中的話語，一句也沒有出現。
卡拉起初的確欲言又止，後來卻只是搖搖尾巴，無奈地嘆了口氣，完全沒有嘲笑和責備我，連半句勸說和反對的話也沒有。
「但玩偶店沒人顧，該怎麼辦？」

什麼怎麼辦？我眨眨眼睛，思考了一會兒，仍不明白卡拉的意思。

「不是有卡拉在嗎？」

「本大爺怎麼可能放心妳一個旅行喵！」

「原來卡拉會不放心啊……所以玩偶店又怎麼了？」

「一、起、去——我們一起去墨櫻桃國喵！」

咦？卡拉打算跟我一起去旅行？

沒想到能得到他的支持，我已經巴不得立刻跑出店門了！

可是……對啊，玩偶店要怎麼辦呢？

「反正最近客人愈來愈少，擱著應該沒關係吧？」

「我想主人會很在意這句話喵……」

後來我們幸運地得到八點半街的店家幫忙，大家願意義務輪流顧店直到我們回來的那天。卡拉和我感謝大家後，便匆匆出發。

一封沒有寄出的信，一份尚未傳遞的心情。

我決定了。

我想為老爺爺做點不一樣的事。

我想代替老爺爺見迪雅小姐一面，還有代替老爺爺向她說聲再見——

太好了！這樣卡拉就不用躲在堆滿雜物垃圾的後巷，有一下沒一下地打盹，可以好好休息了。

「時候不早了，兩位今晚就留在這裡休息吧？」

蓋比特先生霍然站起，匆匆結束話題：

「外面有客人！」

我從回憶中驚醒，只見蜘蛛吊在房門前大聲呼喚。

「主人——」

「不好，不想打擾你們。」

我正想向蓋比特先生道謝，卡拉卻一口回絕了，為什麼？

蓋比特先生也錯愕了一下，伸手拍拍卡拉的頭。

「不用客氣，就當作是給我一個機會還貝爾默先生的人情好了。」

這次不等卡拉回答，他已邁步離開。

「卡拉，這裡有什麼不好？」我小聲地問。

「當然不好喵——」

卡拉正想解釋，但看到蜘蛛降落地面，啪嗒啪嗒地走過來時，他便閉上嘴巴不再說話，一聲不響地趴在我的大腿上，尾巴十分用力地擺啊擺、甩啊甩，瞳孔還瞇成一線盯著蜘蛛。

到底是怎麼了？

「卡拉，你有哪裡不舒服嗎？」

「沒有，不用在意喵。」

「我聽見你們的事了，真是遺憾啊。」

蜘蛛哀傷地說，一隻手從自己的尾端抽出手帕、一隻手拍拍我的肩膀、一隻手扶著額頭、一隻接過手帕擦擦她的四隻眼睛……不過我們是魔偶，應該沒有眼淚才對吧？

「剛才還以為你們來代替白雪，實在是誤會大了，對不起。」

「令你們失望了，我才該道歉。」

我驀然想起一個疑問：

「對了，白雪到底是……」

「跟小姐妳一樣，白雪是個球體關節人偶哦！」

蜘蛛似乎打算走到我身旁，可是瞄瞄卡拉後便停在原地，開始說明：

「少爺一向和同齡的小孩相處得不太融洽，白雪是他最親密的玩伴了。」

不知什麼時候，小矮人們合力端出一個小舞台。

紅色布幕緩緩揭開，背景像極了縞月城的藍白色房屋。一個打扮很像丹尼的小矮人，和一個穿上裙子的小矮人，手牽手跳著舞。

他們應該是在扮演丹尼和白雪吧？

咦？「丹尼」為什麼沒有坐輪椅呢？

看著看著，蜘蛛忽然用手帕掩住臉，同時抱頭哀嚎：

「可是半個月前白雪跟少爺外出遊玩時，嗚嗚……她不見了！」

一塊黑布從舞台上方飄落，蓋住了「白雪」。

「丹尼」伸手一扯，穿裙子的小矮人便消失無蹤，遺下他一個人孤伶伶地站在舞台中央。

玩伴不見了，難怪丹尼這麼悶悶不樂啊……

「居然還會表演魔術喵！究竟躲在哪裡？」

「卡拉，不能打斷表演啦。」

卡拉似乎對忽然消失不見的小矮人很感興趣，鬍鬚都向前翹了，我只好拉住他的頸圈，防患未然。

「為了找尋白雪，主人和少爺幾乎走遍縞月城。少爺也是在那時候不小心……被馬車撞斷右腳了！嗚哇——」

兩名小矮人在舞台上方撒下紙碎，彷彿漫天飄雪一般。「丹尼」一邊來回奔跑，一邊四處張望，冷不防閃出一隻木馬，將他撞倒在地。

蜘蛛看到這幕，原本只是小聲啜泣，終於忍不住掩臉大哭……雖然沒有眼淚，但我知道她的確在哭。

「講不下去了！講不下去了！嗚嗚嗚——」

舞台背景換到一半，混亂中出現了腳套和輪椅。正忙著切換場景的小矮人們聽到蜘蛛這麼說，紛紛失落地擱下手上的道具。

看來他們似乎也演不下去了。

白雪和妳一樣！

她可以離開禮品店到處走。

白雪和我們不一樣！

我們只能在屋內活動。

我們沒辦法取代白雪陪他外出！

現場瀰漫著一股哀傷的氣氛。草草交代後續發展後，小矮人們跳到台下，圍在蜘蛛身旁，無聲地安慰著她。

接下來的事，我大概也明白了。

丹尼一直希望蓋比特先生製作新魔偶，所以看到我才會這麼高興。

「蓋比特先生為什麼不順著丹尼的意思，造一個新的魔偶給他呢？」

百思不得其解的我不禁喃喃地問。

在玩偶店工作時，不時會有客人來尋找某些特定的玩偶。細問之下，他們多半是出於不同原因，失去了原本的玩偶，於是想找一個相同的來代替。

有幸找到的話，他們會顯得相當高興，像是放下了心頭大石。

如果造出一個新的白雪，丹尼想必會很開心吧？

為什麼蓋比特先生不這樣做呢？

難道是因為製作魔偶的工序太複雜了嗎？

「喵嗚——本大爺很好奇喵——」

啊——

一個不留神，卡拉掙脫了我的束縛，飛奔而去！

「可惡喵！到底躲在哪裡？」

他一掌打翻了舞台，接著一記猛撲，緊緊抱住以紙板做成的舞台，又咬又蹬，紙屑飛得滿地都是，藏在台下的小矮人就這樣被踢飛出來，趴在地上。

「卡拉，不可以！」

只見他瞳孔擴張、俯伏在地，尾巴緊張地扭動扭動扭動，一副瞄準小矮人準備撲擊的姿態，拉也拉不住他了！

有誰可以阻止他啊——

「丹尼——」

千鈞一髮之際，蓋比特先生自走廊疾走而來，分散了大夥兒的注意。

「剛剛收到醫生的回信，他答應這星期來縞月城診治你的腳！」

有醫生來！

來做什麼？

來醫好少爺的腳！

真的假的？

——聽到這個消息，小矮人們紛紛追隨主人跑出客廳。

「少爺終於能痊癒了嗎？太好了！」

蜘蛛瞬間破涕為笑，躍到半空連翻吐出繩索，急急忙忙攞盪而去。

「少爺——噢！」

可是，她的身影隱沒在轉角沒幾秒，便以拋物線的方式被丟回走廊，噗通一聲摔得八腳朝天。

卡拉和我不明所以地互望一眼，不知道該不該上前幫忙。

「我不管！總之爸爸要是不造一個新魔偶給我，我就不看醫生！」

我忍不住上前扶起蜘蛛，卻聽見走廊轉角的房間傳出丹尼的怒吼聲。

抬頭一望，我發現小矮人們都站在房門前專注窺探。

丹尼似乎在鬧脾氣，丟得地板滿是雜物。

「這是冰劍蘭國醫術最高明的醫生，難得的治療機會，不要用雙腳來要脅爸爸好嗎？」

蓋比特先生緊緊握住皺巴巴的信件，聲音聽起來好像在壓抑著什麼。

「哎唷少爺，你就乖乖聽主人的話吧！我們魔偶的手腳斷了，甚至是頭不見了，請主人做個新的零件便能修好，只要不影響到藏在體內的魔法陣就沒問題。」

蜘蛛也鍥而不捨，再一次走進房間勸說：

「但少爺你可是人類啊，一輩子只有一條右腿，不好好醫治的話就真的要永遠坐輪椅了！」

聽完，丹尼忽然往門邊掃視。

我倏地感到自己跟他的目光對上了數秒鐘。

「要我聽話也是可以——」

呼……聽到他願意配合，大夥兒不約而同地鬆了口氣，連我也不知怎地感到很欣慰。

隨後卻聽到他漫不經心補上一句：

「除非蒲公英留下來吧。」

這樣啊，只要我願意留下來的話……

我留下來的話……

咦咦——要我留下來嗎！

十二雙眼睛有如釘子，同時往我身上狠狠敲鑿。

明明我只是路過此地，為什麼一下子就變成關鍵人物了？

Chapter 02 第二章 失去白雪的王子

在這個冰天雪地的城鎮裡，我認識了一位年輕的魔偶師。

他對魔偶術非常熱衷，跟他交流時我總是在想，當年那個廢寢忘食、熱衷研究的自己，看起來是不是跟他一樣率直傻氣呢？

他似乎很羨慕我擁有豐富的旅遊經驗，以及對魔偶術的深厚見解，還不停盛讚蒲公英造得相當精細，要是妳在場的話，很可能會被誇讚得滿臉通紅吧？然而說實在的，要羨慕的人是我才對，他可是擁有一間屬於自己的精品店，還有一位年輕的小妻子當助手，這種生活也許普通了些，但並非誰都能輕易得到的。

這對小夫妻非常恩愛，我猜不久之後，這個小家庭會變得更加熱鬧吧？

想到這裡，我突然又覺得沒什麼好羨慕了。

這趟旅途中，機緣巧合之下，我身邊多了一隻煩人又可愛的小貓妖，他總是喜歡在我忙碌時幫倒忙，閒時卻愛理不理，然後在疲累時會要求我陪他玩耍。

迪雅，是不是所有小孩都這麼任性呢？

日光從窗邊洋洋灑落。

休息了一晚，我們準備和蓋比特父子道別——原定的計畫是這樣。

可是昨天下午出了點小狀況，迫使我們不得不繼續在縞月城停留。

「妳知道妳在浪費時間喵？」

我躲在公園的某張長椅後方，眼前一條黑貓尾巴啪嗒啪嗒地鞭打著地上的白雪，彷彿洩露了它的主人此刻非常不滿的心情。

我當然知道啊……

一想到卡拉銳利得能把獵物千刀萬剮、瞇成一線的貓眼，我再也沒勇氣抬頭與他對視，聲音也卡在喉嚨發不出來。

我只好默默點頭，然後繼續努力地搓雪球，可是無論再怎麼搓，數量還是難以令人安心。

「那妳知道浪費時間的後果喵？」

為什麼要用這種恨鐵不成鋼的語氣明知故問呢？

「卡拉，我當然知道，可是——」

我有點不高興，忍不住想解釋。然而看著卡拉，我卻不知怎地沒辦法理直氣壯，聲音漸漸小得好像在自言自語。

「可是……老爺爺也會耐心接待打烊前才趕來店裡的客人……」

老爺爺總是微笑教導我們，要懂得將心比心，給人方便。

那時候的蓋比特先生和一眾魔偶，就像那些匆匆抵達玩偶店的客人，焦急表情簡直如出一轍。

而且蓋比特先生也再三表明，只要多留幾天，直到醫生到訪後便會替我們辦理出境手續，不用再爬下水道了。

「喵……有時候本大爺會想，主人給妳的教育方針是不是太善良了。」

「總之，老爺爺的教導不會有錯。」

「那麼主人沒有教妳喵？昨天妳那個是什麼蠢問題？」

「當然——」

我不假思索馬上回答，話才出口卻發現自己根本不明白卡拉在問什麼。

「發現你們啦！」

糟了！

丹尼的聲音伴隨著兩顆巨大的雪球襲來——

噗！噗！

「嗚！」

我的眼前一白，兩股衝力先後打中頭和腳，將我擊倒在地。

唉，搓了那麼多雪球，但最後連一個也沒丟出就輸了。

「小子，太弱了喵！」

「什麼——」

噗！噗！噗！噗！

現在戰況如何了？雪跑進眼睛，我什麼都看不見啦！

我急忙撥開積雪，朦朧視野中只看到卡拉高坐在椅背上，依然保持一身烏黑亮澤。可是丹尼就不同了，衣服和頭髮也和我一樣沾滿雪。

這場雪仗，卡拉大獲全勝。

「呿，一點也不好玩！」

丹尼拍拍身上的雪，表情非常不高興。

「你們也太快被發現了吧？一下子就結束了，真無趣！」

他一邊說著，一邊把懷中的雪球重重丟出，似乎十分生氣。

為什麼玩了半天，丹尼還是悶悶不樂的樣子？

會不會是因為我太弱了，沒辦法當個稱職的對手？

「不用內疚喵，我看他多半是討厭輸掉、耍脾氣而已。」

卡拉似乎察覺到我的疑惑，立刻跳到我身邊耳語。

是這樣嗎？

我偷偷瞄向丹尼，總覺得他這麼煩躁愛生氣，並不單單是因為遊戲輸掉。

可是，我想不通真正的原因到底是什麼。

「喂！你們怎麼慢吞吞的，還不趕快站起來？來去玩別的遊戲啊！」

嗚……被丹尼狠狠反瞪了。

接下來或許換個大家都能輕鬆應付的遊戲比較好？

我一邊思索，一邊扶著卡拉站起來。然而踏上地面的瞬間，被雪球砸中的那隻腳有種很奇怪的感覺。

「嗯？」

「怎麼了喵？」

我的腳……好像有點……

「為什麼妳總是那麼慢？」

我還沒來及解釋，丹尼已匆忙忙推著輪椅回來。

「該不會要上發條了吧？」

咦，上什麼發條？

丹尼突然抓起我放到他的大腿上，接著從頸上掏出一條造型精緻的四角鑰匙項鍊。

「你打算對蒲公英做什麼喵！」

見丹尼似乎想掀起我的裙子，卡拉怒喝一聲撲上來，用力拍打丹尼的手，嚇得他馬上縮開。

卡拉叼住了我的衣領，硬生生將我拖離輪椅，擋在丹尼和我之間。

「蒲公英只是暫時借你而已，不要太過分喵！」

他弓起身子，對丹尼滿是戒備，又轉頭看著我，氣沖沖地質問：

「還有妳，怎麼任人脫衣服不反抗啦！」

我又不會因為著涼而生病，為什麼卡拉你的反應那麼大？

「為什麼要反抗？」

「女孩子的身體不能給人隨便看喵！」

「可是卡拉，我是魔偶，不是女孩。」

「總之！衣服不可以亂脫——」

「你們儘管聊個夠吧！我要回家了！」

糟糕，冷落丹尼了！

他冷冷打斷卡拉和我的對話，怒容滿面地推著輪椅離開。

「丹尼，你為什麼忽然掀起我的裙子？」

我三步併兩步吃力地追上去。

我想，丹尼會這麼做不可能是出於貪玩，一定有其他原因才對。

「別、別把我說得像變態一樣！妳不是要上發條嗎？」

只見丹尼滿臉通紅，是因為剛才雪仗運動得太劇烈嗎？

「為什麼要上發條？」

輪椅終於停止前進。丹尼翻了個白眼，又嘆了口氣，憤然脫下項鍊。

「看、著、了！要像這樣把發條插在腰部——」

他握住四角鑰匙，憑空逆時針扭了一圈，再順時針不停扭轉。

「要定期上發條才可以保持活動啊，難道妳不用嗎？」

我輕輕搖頭，卻發現他一臉震驚。

「我的身體沒有這種構造。」

丹尼似乎不知道，由於每位魔偶師的製作手法不盡相同，即使魔偶外表看起來差不多，內部結構卻可能有著天壤之別。

「這、這種事我當然知道呀！」

過了許久，丹尼才吐出話來，同時若有所思地盯著鑰匙，項鍊漸漸變得搖搖擺擺。

「小子，本大爺勸你……最好……不要亂晃……鑰匙喵……」

咦？卡拉的話怎麼說得斷斷續續的？

我疑惑地望向他，發現他正緊盯著項鍊，頭部隨著項鍊頻率擺動。

那個動作、那個神情，完全是一副準備迎擊的姿態！

「卡拉，不行！」

我慌忙掩住卡拉的眼睛，不讓他再看下去，他卻不停掙扎。

「丹尼，快收好它！」

我緊張兮兮地提出勸告，然而丹尼依然沒有任何行動，只對我面露笑容。

「我偏不要。」

他不但拒絕合作，還故意將鍊條套到手指上，大剌剌地在卡拉面前高速旋轉。

「只不過是一條破鑰匙，我愛怎麼玩就怎麼玩！」

丹尼，現在不是任性的時候——

「可惡！看本大爺怎麼抓住你喵！」

卡拉終於忍不住，猛然飛撲過去。

他失控了！

「卡拉，那個不是玩具！」

我及時抓住頸圈阻止他前進，然而丹尼的手已反射性地極速向後揮——

「啊！」

卡拉的襲擊沒有成功。

可是我們三個眼睜睜看著項鍊劃過天空、越過附近的樹，飛落到遠處。

「都怪你！」

最先反應過來的是丹尼。他先是大聲怒吼，不一會兒後卻像是在強忍著什麼，最後抽抽噎噎地哭了起來。

「要是發條找不回來……都怪你——」

「丹尼，害你丟了項鍊，真的很對不起。」

此刻除了道歉，我想不出更實際的安慰。

「本大爺有勸你收手，但你不聽也沒辦法喵。」

卡拉雙耳後翻，一臉無奈地嘀嘀咕咕個不停。

他說的話雖然頗有道理，但如今即使釐清是誰的責任也於事無補。

「卡拉，現在怎麼辦？」

「還能怎麼辦？去找喵。」

說完後，卡拉便踏著雪地，跑向項鍊飛落的方向。

「丹尼，不要哭，我們一起找好不……」

見卡拉愈走愈遠，我拉拉丹尼的褲管這麼說，誰知道話還沒說完，他便開始亂蹬亂踢。

「煩死了！明明你們應該負責找回來啊！」

他大罵一聲，擦乾眼淚，趕緊追上去。

丹尼的言行有點類似卡拉的思考模式，同樣令我難以理解。

為什麼把項鍊形容得那麼不堪，搞丟了卻馬上哭哭啼啼？

為什麼會一邊嚷著「好煩啊」，一邊心急如焚地想辦法呢？

我實在想不通，一點頭緒也沒有。

我們在公園後的松樹林找了好久，不知不覺已經黃昏了，卻完全沒發現項鍊的蹤影。

要是天黑之前丹尼還沒回家的話，蓋比特先生一定會很擔心吧？

丹尼撿起了某樣東西，仔細端詳，發現不是項鍊後，便憤然用力丟到樹林深處。

「不找了！反正只是一條破鑰匙而已！」
意思是說，這條項鍊一點都不重要嗎？
不對，看他急得哭出來的模樣，我覺得事情並不是這樣的。
比起鬧脾氣，丹尼更像是在強迫自己放棄一樣。
「如果項鍊不重要，丹尼為什麼要哭？」
我想試著問清楚，他卻抿著嘴撇過頭去，拒絕回答這個問題。
那麼，我們到底要不要繼續找呢？
我想找卡拉商量，卻不知道他跑到哪裡去了。
咦？不遠處似乎有個奇怪的地方？我忍不住走上前看個究竟。
為什麼一整片森林裡，會有塊光禿禿的區域呢？
難道是因為這裡曾經發生過火災？
雖然這裡沒有樹，但在夕陽餘暉的照射下，地面反射出金色光芒。
好漂亮……
不對，現在不是悠閒觀光的時候，我得趕快找到卡拉才行！
四處張望之際，我瞥見某棵松樹上掛著一個閃閃發亮的小東西。
「卡拉、丹尼，我找到了！」

聽見我的呼叫，他們紛紛趕來，順著我指的方向望去。只見那棵松樹有一根稍低的樹枝伸向那處光禿的地方，梢末掛著丹尼的項鍊。

丹尼立刻破涕為笑，隨手抓起一根長樹枝，伸盡手臂揮動，卻仍然和項鍊有段距離。

太高了，完全搆不到，還有什麼辦法能讓項鍊掉下來呢？

「看到了喵？這就是任性的後果。」

看到丹尼狼狽喘息的模樣，卡拉瞇起眼睛點點頭，看起來有些得意。

他摩拳擦掌，接著躍上了樹幹。

對啊，我都忘了卡拉會爬樹！

「還是由本大爺出手吧。好好記住了，不是每次都能這麼幸運——」

「我自己來就好！」

只見丹尼一鼓作氣丟出樹枝，直直砸中目標，項鍊飛脫而下。

叮——咚咚——

四角鑰匙掉到那處沒有樹的地方，反彈了幾下，敲出清脆的聲響，順勢滑到更遠。

太好了，沒想到這麼簡單就能失而復得。

我趕緊將項鍊撿了起來。

看到鑰匙安穩地躺在手中，我不禁鬆了口氣。

「蒲公英！」

「快回來——」

咦？為什麼卡拉和丹尼這麼焦急呢？

喀啪！

嗯？

這個聲音是……？

卡拉倏然發狂似的飛奔過來，我從來沒見過他跑得那麼快！

「快逃喵！」

他完全不作解釋，彷彿與時間競賽，把我擱在背上，拔腿就跑。

混亂中，我突然發現有點灰又混雜著雪的地面，竟然出現數條裂紋，喀啪喀啪地蔓延開來，追在我們後頭。

為什麼地面會裂開？

「可惡喵——」

裂紋終於追上我們的步伐，同時只聽見卡拉暗罵了一聲——

咦！怎麼忽然煞車了？

我來不及抓住他，整個身體被甩飛出去，看到略帶橙調的天空、看到反轉的樹林和丹尼，最後撲進一片白茫茫之中。

「卡拉，到底怎麼了……卡拉？」

我從雪堆中狼狽爬起，隱約聽到後方傳來了「噗通」一聲。

回頭張望，我看不見那抹熟悉不已的黑貓身影，只赫然目睹地面裂成無數大大小小的碎片，隨水載浮載沉——下面竟然全都是水？

不好了！卡拉掉進水裡了！

後來費了好一頓功夫，過程非常不容易，我們總算救起了卡拉。

回到禮品店後，蜘蛛和小矮人們二話不說，合力抓住他洗了個熱水澡。

連續下了兩次水，他現在頂著一副「全世界都得罪了本大爺」的表情，倚在暖爐前不停理毛，小矮人為他端來了毛毯。

「丹尼，以後要乖乖聽話，好嗎？」

聽我將這次事情的始末全盤托出後，不出所料地，丹尼馬上被蓋比特先生教訓了。

「湖面的冰剛結成不久，隨便踏上冰面，就會因為負荷過重而墜冰，萬一摔入湖裡沒辦法脫身的話，會凍死或溺斃啊！」

原來那片光禿禿的土地是個凍結的湖！

在夕陽映照下泛起金色的小湖，明明是那麼不可思議又美麗，沒想到會這麼危險。

「是他們的身手不好，為什麼要怪我？」

所以……是我們的動作不夠俐落嗎？是因為卡拉沒能及時跑回岸邊，我們才會掉進水裡？或許有一部分的原因是這樣沒錯，然而聽到丹尼這麼說，我覺得很難過。

卡拉聽到這番話後立刻跳起，他生氣到極點了！

正打算把毛毯蓋在他身上的小矮人備受牽連，七零八落地與毯子滾成一團。

「不怪你怪誰喵？也不想想折騰了大半天到底是誰害的！」

「又沒人要你幫忙！」

「這麼難侍候的小孩，難怪白雪會出走喵！」

此話一出，我倏地感到整間屋子陷入沉寂，大夥兒的臉色變得相當沮喪，丹尼更是委屈地咬住下唇。

「黑貓先生，少爺他知錯……」

「要是這麼厲害就快點把白雪找回來喵，不要硬是留住蒲公英！」

蜘蛛趕緊上前打圓場，可是卡拉仍然怒不可遏。

「才不要她回來！」

豆大的眼淚從丹尼眼裡湧出。

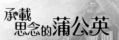

「是她自己說的啊！任何一隻魔偶都可以代替她，沒有她我一樣玩得很高興！是她自己不回來的。我最討厭她了！為什麼我非得要去找她不可——」

怒吼完這句話後，丹尼便頭也不回地衝入房間，砰一聲關上房門。

我總覺得眼前的畫面似曾相識……

啊，不就像是搞丟鑰匙的時候嗎？

「抱歉，我妻子早逝，這兒子不知不覺就被我寵壞了，沒什麼禮貌。」

此時蓋比特先生開口了，他有些靦腆地為丹尼打圓場。

「沒事了，你們繼續忙自己的事吧。」

聽到主人的指示，蜘蛛和小矮人們互望了一眼，頹然步出客廳。

「蓋比特先生為什麼不做一個新魔偶呢？」

我忍不住提出疑問。

為什麼寧願暫時留下卡拉和我，也不願做一個新的白雪陪伴丹尼呢？

蓋比特先生愣了一下，隨即微笑搖頭。

「其實做一個新的並不難，只是不希望他後悔。」

……後悔？

「啊，我還要回店面收拾一下，先失陪了。」

我還沒來得及繼續追問，蓋比特先生便匆匆忙忙地離開了。

「所以說，妳這是什麼蠢問題喵。」

待蓋比特先生離開後，卡拉轉而跳上茶几，一臉嚴肅地瞪著我。

咦，蠢問題？

「這樣問好了，妳認為有人可以代替主人喵？」

「沒有。」

「那妳認為有魔偶可以代替妳喵？」

「當然啊。」

聞言，卡拉眉頭緊緊皺在一起，好像對我的答案非常不滿。

「妳不覺得很矛盾喵？為什麼沒有人可以代替主人，卻有魔偶能代替妳？」

「因為老爺爺和卡拉是獨一無二的生物啊。」

真奇怪，這麼明顯又簡單的分別，沒想到卡拉竟然不懂。

「而我只是魔偶，是一個沒有生命的娃娃。即使沒有我，老爺爺也可以製作另一個魔偶來為他工作……」

「不對喵——不是那樣喵！」

卡拉生氣地打斷我的話，隨即卻支支吾吾了好一陣子，似乎想不出該如何反駁。

「總、總之不是妳說的那樣！喵嗚……讓我想想怎麼跟妳解釋。」

他跳回暖爐前閉目苦思，兩隻前爪向內收起，坐姿有如一個盒子。

想著想著，他的頭突然像是失去了力量，垂了下來。

「……卡拉？」

我輕輕搖了他一下，沒想到他癱軟倒地，還發出微弱的打呼聲。

……卡拉睡著了。

「卡拉，今天辛苦了。」

我拿起擱在一旁的毛毯，輕輕為他蓋上。

據說人類的睡眠時間平均需要八小時，貓咪則是十六小時。

而魔偶就算天天夜夜不眠不休也沒問題。

不感疲倦也不用休息、不畏嚴寒也不懼酷熱、不怕受傷也不會疼痛。

我們就是這種行屍走肉般的存在。

我不像卡拉，即使他是魔物，依然是會經歷生老病死的生物。

這世上所有生命都是獨一無二的，唯獨魔偶不一樣。

只要破舊或損耗得太嚴重，魔偶師便會直接回收魔力，將其丟棄，然後製作一個新的代替品。老爺爺說這些都是常有聽聞的事，玩偶店也曾回收過這種失去魔法、被當成二手品交易的娃娃。

無論是蜘蛛、七位小矮人、白雪，還是我，即使我們多麼喜愛自己的主人，終究會被新的魔偶取代。新的魔偶將會繼續肩負我們的職責，直到再被另外一批淘汰為止。

儘管有些魔偶擁有自己的思想，甚至會說話，卻改變不了我們只是「魔法衍生而來的工具」這個事實。

所以，我不明白。

蓋比特先生，為什麼認為丹尼有了新魔偶後反而會後悔？

還有卡拉，為什麼要嚴詞厲色地否定我呢？

天氣彷彿伴隨著丹尼的心情急轉直下。這場風雪已經持續了整個星期，一直沒有緩和的跡象。

今天禮品店掛上休息的牌子。蓋比特先生坐在丹尼的床邊，小矮人們匆匆忙忙端來了清水和毛巾。蜘蛛七手八腳地擰乾毛巾，小心翼翼地放在丹尼的額頭上。

「丹尼，你感覺怎麼樣？」

蓋比特先生十分擔憂地問。床上的丹尼卻迷迷糊糊的，有氣無力地悶哼了幾聲。

少爺怎麼了？

為什麼少爺沒精神？

少爺生病了。

少爺發熱了！

——小矮人交頭接耳了一會，總算理解了現況，紛紛嚇了一跳，不知所措地抱頭亂竄。

「為什麼少爺接二連三地受苦受難呢！」

蜘蛛吊在床頭櫃前看著丹尼，不禁掩臉飲泣。

「不知道醫生抵達縞月城了沒……」

蓋比特先生望向被狂風吹得時而砰砰作響的窗戶，彷彿也想著同樣的事。

「風雪太大了，我去城門看看情況。」

說罷，他霍然起身，匆忙穿上大厚衣和圍巾。

我們隨他一起走到店面。一推開店門，便見風雪吹得起勁，原本門前還有兩級階梯，現在都被雪掩住了。

「魔偶們，你們要好好照顧丹尼。」

他戴上帽子、正要離開之際，忽然轉身這樣叮嚀。

「放心吧主人，我們會把少爺照料得妥妥貼貼的！」

蜘蛛用上八隻腳拍拍胸口保證，小矮人們則列隊立正敬禮。

店門重重地關上了，少了風的呼呼聲和丹尼的嬉笑怒罵，整間屋子頃刻沉靜了許多。

「來吧，我們分工合作，你們幾個去照顧少爺，剩下的跟我一起去煮好吃的熱湯，讓少爺打起精神！」

蜘蛛發號司令，小矮人齊心一致舉手贊成。

「請問，我可以幫忙些什麼嗎？」

他們士氣高昂地大步走向廚房和臥室，卻在聽到我的詢問後紛紛停步，彷彿現在才想起我的存在。

妳是魔偶。

不過也是客人。

不能讓客人操勞！

這樣我們會很失禮！

——小矮人彼此互望了一會，最後將視線落回我身上，做出了這樣的結論。

「沒關係的，蒲公英小姐和黑貓先生一起待著就可以了。」

蜘蛛的態度堅決得不容許我拒絕。她將前腳搭在我的肩膀上，並用後腳推著我回到空蕩蕩的客廳，那裡只有卡拉懶洋洋地躺在沙發上。

望著她焦急的背影，我也不好意思再三提出要求，只好走到卡拉身旁乖乖待著。

「卡拉，丹尼生病了。」

「是喵。」

為什麼卡拉一點也不擔心呢？

我正想詢問，卻看見原本負責看顧丹尼的小矮人咚、咚、咚地跑向廚房。不一會兒，他們便拉著蜘蛛一起咚、咚、咚地急步走進丹尼的臥室。

他們怎麼一臉緊張兮兮的？

「卡拉，丹尼會不會像老爺爺那樣……」

「放心，那只是小病而已，死不了喵。」

丹尼不會死啊，太好了。

話雖如此，我卻仍有點坐立不安。卡拉伸了伸懶腰，把頭搭放在我的大腿上。

這是希望我安心點的意思嗎？

還是只在撒嬌而已呢？

驀然他雙耳直豎，模樣不再懶洋洋，坐正身子盯著門口。

我朝門口望去，發現蜘蛛和小矮人畏畏縮縮的，好像不太想走進客廳的樣子。

會不會是想叫我和卡拉過去幫忙呢？

「請問有什麼需要協助的嗎？」

我主動開口，他們立刻嚇了一跳。

你推我攘了一番，擁有八隻腳的蜘蛛居然敵不過手短腳短的小矮人，被擠到我面前。

「蒲蒲蒲蒲、蒲公英小姐，打打打、打擾了——」

蜘蛛把玩著前肢，話說得吞吞吐吐的。雖然我們不用呼吸，但我總覺得她緊張得快要窒息了。

「然後……呢，是這樣的……該怎麼說……」

說了半天，她依舊說不出重點。真奇怪，為什麼蜘蛛和小矮人們會這麼緊張？

支吾了好一會兒，小矮人再度撞撞蜘蛛的後腹，她毅然以四隻腳蓋住四隻眼睛，一口氣把話接下去：

「是是是——少爺希望蒲公英小姐能到房間陪他聊聊天！」

「可以呀，我現在就去。」

聽到我的回答，他們瞬間鬆了口氣，緊緊挨坐在一起。

「我也一起去喵。」

然而聽到卡拉這麼說後，他們立刻跳了起來。

「不要來！啊，不不不不──不是黑貓先生不能來……嗯──對了！我們想請黑貓先生看表演！對對對，就是這樣！」

蜘蛛語無倫次地說完後，好不容易才從混亂中恢復過來的小矮人們立刻走到卡拉面前，開始玩起那個用布蓋住全身、接著轉眼消失不見的魔術。

「不對喵……你們……好可疑喵──」

卡拉嘴裡這麼說著，視線卻一直跟隨小矮人，沒辦法移開。

「蒲公英小姐先到房間吧，黑貓先生等等就會過來的！」

不久之前蜘蛛才把我推進客廳，直說不用幫忙，不消片刻又匆匆推著我進了臥室，嘴裡還拚命念著拜託了。

卡拉說得對，他們好古怪。

「白雪……是白雪嗎？」

當我走進房間後，丹尼迷迷糊糊地轉過頭來。

「丹尼，我是蒲公英。」

他明明說過不要白雪回來，為什麼聽到我的回答、看清楚來者後，他好像很失望？

他有氣無力地慢慢坐了起來，然後指指床頭櫃，櫃面上有一張小小的貴妃椅，示意要我坐下。

這張沙發對人類而言似乎太小了，可是在我看來反而剛剛好——我坐下後才意會過來，這一定是白雪的專用座！

為什麼丹尼明明說過很討厭白雪，可是她的沙發仍好好放在身邊，還打理得一塵不染呢？

「蒲公英，妳會唱歌嗎？」

唱歌？

「可以唱歌嗎？我生病的時候，白雪都會唱歌哄我。」

那麼，我試試看吧。

當我緩緩哼出幾句音調後，丹尼便馬上搖頭。

「不是這首。」

這樣啊……我再換另一首唱好了，可惜這次丹尼仍然不滿意。

「也不是這首。」

這首也不行嗎？

丹尼似乎有點不耐煩了，哼唱了幾句提醒我，可是這首歌我從來沒聽過，沒辦法跟上他的音調節拍一起唱。

「算了，妳不要唱了！」

他彷彿洞悉我的困惑，悻悻然放棄。

「丹尼，我不懂縞月城的歌謠，對不起。」

我總覺得要是他沒有生病的話，大概早就開罵了。

只見他休息了一會，惱怒的表情漸漸變得哀傷。

「是不是醫生來了，蒲公英就要離開這裡？」

「對啊，卡拉和我還得替老爺爺送信。」

「不如妳留下來代替白雪吧？」

……咦？

「魔偶不是有很多代替品嗎？妳的主人死了，爸爸又不給我新魔偶……反正妳和白雪那麼像，由妳來代替她應該也可以吧？」

魔偶新舊交替，照理說是一件正常不過的事，我也是這麼認為的。

然而由我來代替白雪，為什麼感覺並不是一件如此理所當然的事呢？

「嘶——」

就在此時，外面忽然傳來卡拉發怒的叫聲和連串吵雜聲。

難道發生了什麼意外？

「丹尼，抱歉，先失陪了。」

我趕緊從床頭櫃跳下來，沒想到才剛踏出房門，蜘蛛便後一步擺盪而入。

她手中抓住了什麼？

她拿了什麼給丹尼？

「本大爺就說你們很可疑喵！」

卡拉緊隨其後現身，將咬在嘴裡的小矮人吐到一旁，弓著身子，背脊的毛直直豎起。

「本大爺不說第二遍——快把主人的信還來！」

只見丹尼從蜘蛛懷中接過的那封殘黃的信件，是老爺爺的信！

我明明有好好將信件放在背包內的，而背包就放在客廳——

我明白了！

原來蜘蛛和小矮人神情怪異、不斷要我離開客廳的原因，就是為了偷信嗎？

「為什麼要偷老爺爺的信？」

蜘蛛明明知道這封信對卡拉和我有多重要，為什麼要和小矮人一起做壞事？

「對不起！我知道這很不應該，可是主人命令我們不能違抗蓋比特家族的吩咐——」

蜘蛛一臉歉意地躲在丹尼身後。

即使是多無理的命令，魔偶都不能違抗主人……所以說，這全都是丹尼的主意？

「只要沒有這封信，妳就不用再去那個遙遠得很的墨櫻桃國了吧！」

丹尼握住信封，作勢要撕掉。

求求你，不要這樣做！

我該怎麼辦？跑上前阻止還是勸說比較好？

「留在這裡吧！我來做妳的新主人，妳代替白雪陪伴我！只要妳答應，我就把信還妳。」

丹尼，我不懂。

你為什麼會渴望擁有一個新魔偶到這種地步呢？

「那麼想念白雪，就趕快把腳醫好然後找她回來喵，而不是在這裡鬧脾氣！」

「誰、誰說我想念她……我最討厭她了！」

「那就不要找蒲公英做替身，強迫她做和白雪相同的事然後一臉不滿喵！」

「我才沒有想念她！沒有沒有沒有——」

否認到最後，丹尼抽抽噎噎地哭了起來。

「誰叫她跟我吵架……誰叫她把一時的氣話當真，誰叫她聽到我說『妳不要回來』後就真的不回來！我最討厭她了！」

原來如此。

說發條不重要、說最討厭白雪，原來都是意氣用事？

也許，白雪與丹尼吵架後，和我一樣不懂他的真正意思，反而認真看待他的氣話，最後離家出走了。

「只要有新魔偶陪我玩，我就可以忘記白雪了吧……偏偏爸爸就是不給我一個新魔偶——」

「少爺，你真的認為蒲公英能代替白雪嗎？」

躲在丹尼身後的蜘蛛忽然打斷了他的話。

「就怪我多事吧……主人那麼疼少爺，這次卻一直不順你的意思，無非是希望你明白，自己到底是希望有個新魔偶陪伴，還是希望假裝白雪還在自己身邊呢？」

丹尼一直堅持要我留下來代替白雪，聽到蜘蛛這麼一問，當場愣在原地，說不出話來。

就在這個空檔，卡拉忽然不見了。

「總之，把信還來喵！」

眨眼間，他竄到床上，伸出利爪揮向丹尼——

「別傷害少爺！」

蜘蛛立刻衝出來擋到丹尼身前——

咚！

卡拉一爪拍走蜘蛛。

蜘蛛直直撞到窗戶上！混亂之中，窗戶的鎖打開了。

外頭的風雪猛烈吹入，在房間繞了一圈，輕飄飄的紙張、布，以及小矮人們，都被吹得七零八落。

老爺爺的信，也從丹尼的手裡隨風飛出窗外。

「可惡喵！」

見卡拉奮不顧身地跳出窗外，追著飄在半空的信跑到街道轉角，我像是想到了什麼，也跟著爬上窗台。

「蒲公英，不要去！」

丹尼大聲勸阻，蜘蛛也吐出繩子套在我身上，阻止我的動作。

「外面風雪好大，說不定會把妳吹走……」

「老爺爺說過，煩躁不安的時候更要誠實面對內心，盲目把問題帶過，最終只會傷害自己和身邊的人。」

我解開白繩，微笑著對丹尼說：

「丹尼，如果白雪很重要，你就應該坦白告訴她。你想留住的是當時的白雪，而不是現在的蒲公英。」

雖然我還不是很懂，卻真心認為他這樣做比較恰當，而不該央求蓋比特先生做一個新魔偶，或是強迫我留下。

「呀——」

我一躍而下，還沒著地，身體便已乘著狂風滾落到比禮品店還要遙遠的地方。

風勢終於稍微減弱。我撥開身上的積雪，想要重整旗鼓，孰料風又猛烈吹來了！

我再度不由自主地在雪地上打滾，不論臉朝上還是朝下，甚至開始搞不清楚方向，總之映入眼簾的是無盡白色。

原來雪雖然美麗，但同時也很可怕。

先別說找到卡拉了，這個情況下光是要站穩腳步都很困難。

那麼，比我還要輕得多的紙張會怎樣呢？

老爺爺的信會飛到哪裡？

卡拉該不會遇上了什麼意外吧？

當風雪停下來時，卡拉會不會和信件一起消失了？

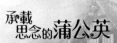

「蒲公英——」

呼呼作響的暴風中，我隱約聽見卡拉的呼喚。

我想回應，卻倏然撞上幾根細長的柱子……說不定是某戶人家門前的扶手吧？我緊緊擁著柱子，這次總算安然待到風勢再次緩減。

卡拉不知道從哪裡冒出來，拉著我竄進一道建築物間的小狹縫。一塊長形招牌啪嗒啪嗒地擺盪，隨即剛好掉在我們身後的大街上。

這裡雖然算不上安全，但總比在大街上被吹得不斷翻滾好多了。

「大風雪很危險喵，妳怎麼跑出來了？」

「我也要去找信！」

卡拉盯著我沒回話，直到風又再在耳邊呼呼作響。

「我一直追著信跑，到這裡就跟丟了，大概是被什麼卡住了喵。」

話音未落，他已趕緊在牆壁攀附而上。

「我爬上屋頂看看，要是信沒有飄到半空，就一定還在附近，妳在這邊等著喵！」

黑貓的身影隱沒於飛雪之中。

我緊緊抓住牆邊窺探，才發現風雪中街道空無一人。商戶全都閉門休息，各處的招牌搖搖晃晃，原本藍色的屋頂現在全都被雪蓋過。

眼前的縞月城就像以雪堆砌而成的堡壘，只剩下一片白茫茫。

好了，接下來我該找些重物套到身上，這樣即使走到大街上也不容易被吹走。

我在夾縫裡左右張望……咦？

卡拉說得對，老爺爺的信的確是被卡住了——就卡在這道人類不可能鑽進來的小夾縫深處，半埋在雪堆中。

玩偶店的鮮紅蠟印，讓我在這片白色世界裡找到它。

「卡……」

狂風颳起，明明近在咫尺的信又一下子被吹到夾縫的邊沿。

來不及找卡拉了。我有預感，要是沒能來得及在下一波狂風襲來前好好抓住的話，一定沒辦法再看到它。

老爺爺的信不能搞丟。

不管了，就這樣撲出去吧！

連趴帶滾地，我狼狽撲上信件的所在處。

雪一直隨著風堆到我的背上。愈來愈重了，可是我不能動，絕對不能動。等耳邊的風聲漸漸減弱，我才敢稍作挪移，撥開身下的積雪，殘黃一角終於顯露眼前。

我把信件緊緊擁入懷中。

要是不這麼做，我深怕這刻就是人類所說的，睜開眼睛便會憑空消失的夢境。

太好了，總算找回老爺爺的遺願。

咚、啪嗒、咚！

然而我還來不及高興，便聽見不遠處響起有些耳熟的雜音。

我抬頭朝風吹來的方向望去，發現一塊招牌直迫眼前。

砰！

招牌重重了壓下來，我忽然踩了個空……

「啊——」

我一直往下墜，直到咚一聲撞在地面滾了幾圈，才敢睜開眼睛。

為什麼四周仍然黑漆漆的？

信呢？

幸好，它還在我的手裡。

我頓時鬆了口氣，既然信件沒搞丟，接著只要慢慢想辦法離開這裡就好了。

我仰望上方的洞口，那是唯一的光源，我似乎跌進了一個很黑很黑的地方。

但是印象中，街道上的積雪只有禮品店的兩層階梯那麼厚而已，我掉到哪裡了？

難道是下水道？

我想走近洞口，卻一個踉蹌，狠狠趴到地上。

原本連接小腿的地方，現在卻一片空蕩蕩。

腳……腳在哪裡？

那是老爺爺為我做的，我身體的一部分，我不想失去。
沒有了腳，我要走到墨櫻桃國探訪迪雅小姐就更困難了。
沒有了腳，我便沒辦法爬上地面，和卡拉會合。
「卡拉——聽得見嗎——」
「卡拉——你在哪裡——」
「卡——拉——」
我聲嘶力竭地呼叫，卻只有回音熱心地反問我。我恍然想起卡拉跳到屋頂了，不可能聽見吧。
該怎麼辦才好呢？
我擁著信件瑟縮而坐，這裡好黑……
老爺爺待在那個地方，真的不會害怕嗎？
黑暗中，我想起那個既熟悉又親切的年邁身影，安詳地躺在棺木裡接受鄰居獻花。灰濛濛的雨天，大家的神情十分哀傷，還有人走來為卡拉和我撐傘。儀式過後，人們把棺木蓋上，用泥土封掩，那天的情景我至今仍然歷歷在目。
老爺爺的身體開始轉差時，我曾經問他為什麼不填充魔力。

他笑著回答說，生物不像魔偶，魔力耗盡只要補充後就可以恢復，但當生命走到盡頭，即使是世上最厲害的魔法也沒辦法喚醒死者。

生命只有一次，因此每種生物都是獨一無二的。

可是，為什麼呢？

我一直認為魔偶新舊替換是再正常不過的事，丹尼的執著心卻推翻了這個想法。

我沒有代替白雪的打算，可是有些事情我想不通，令我很在意。

我可以陪伴丹尼逛街、打雪仗，只要努力學習也能學會歌謠。然而唯獨有某個部分，我感到自己沒辦法取代白雪，就像丹尼沒辦法取代老爺爺和卡拉一樣。

明明只是個魔偶，怎麼可能會和生物一樣呢？

那個部分到底是什麼？

老爺爺教導了我很多，可是我還有許多尚未了解的事情。

如果老爺爺還在，一定會笑呵呵地告訴我答案吧？

「請問，有誰不見了小腿喵？」

「是我——」

不對！

為什麼會有人在，而且知道我搞丟小腿？

愣了半晌我才反應過來。只見下水道深處反射出兩道光芒，而且愈來愈接近——

「還好妳的腳掉在不遠處喵，不然往後的旅程怎麼辦？」

光芒靠近洞口，變成了一對貓眼睛。

「為什麼卡拉知道我在這裡？」

我沒看錯，真的是卡拉，他叼著我的腳出現了！

「還記得進入縞月城時，妳不是從高處墜下來喵？」

當然記得，直到現在我仍然不明白為什麼會從那種地方鑽出來。

「那時候我們一直向上爬，走進了連接下水道的排水管，而管口就在屋頂啦。」

……管口在屋頂？

也就是說，我的叫喊透過排水管傳到屋頂，卡拉聽到了，於是趕來救我嗎？

「這下可糟了喵，妳的腳斷掉了，信件又沒找到……」

他沮喪地嘆了口氣。

對了，卡拉還不知道這件事！

我把抱得有點皺巴巴的信稍微壓平，興奮地遞到他面前。

「卡拉，我找回老爺爺的信了！」

卡拉呆住良久，接著沒好氣地笑了笑。

「應該說，本大爺找到你們了喵。」

暴風雪過後，縞月城迎來了大晴天。

人們忙著清理門前和屋頂的積雪，大人們偶而抱怨著這場雪帶來的不便，小孩們則彷彿發現樂園般到處嬉戲，前陣子還是空無一人的城鎮，霎時間變得十分熱鬧。

卡拉和我步出禮品店，蜘蛛和小矮人一直在屋裡向我們揮手道別。

找回老爺爺的信件、出境手續也辦理妥當，是時候該再次起程了。

「真的很感謝你們。」

蓋比特先生和丹尼貼心地為我們送行。

就在城門的不遠處，正式離開縞月城前，蓋比特先生忽然向我們道謝。

「謝謝你們願意留下，替我照顧丹尼。」

這段期間中，丹尼的感冒康復了，也乖乖接受了診治。醫生說他的腳痊癒得很好，相信很快便能行走自如，不再需要輪椅。

「不，蓋比特先生，我才要感謝你。」

我連忙向他敬禮。說實在的，卡拉和我也沒幫上什麼忙，不但險些害丹尼搞丟發條，甚至在他生病時大開窗戶。

相反的，蓋比特先生在為我修理斷腿之餘，還順道替我進行了一次全身檢查，現在關節的狀況都很良好，應該能撐過接下來的旅程。

「蜘蛛……還有小矮人！」

一直坐在旁邊默不作聲的丹尼，似乎下了什麼決心，倔強地開腔：

「我、我想代替他們說對不起！」

他是指信件搞丟的意外嗎？

咦……奇怪，丹尼應該沒辦法聽懂小矮人的話啊？

「妳不用想太多，接受他的道歉就可以了喵。」

卡拉似乎洞悉了我的疑惑，搖著尾巴如此建議。

是這樣嗎？可是我自始至終都沒責怪過丹尼和禮品店的魔偶們啊？

「才、不、是、我！我只是代他們道歉而已！」

聽到卡拉這麼說，丹尼激動得漲紅了臉，極力強調。

看著這對父子，我總覺得很奇妙，沒想到走到那麼遙遠的地方，仍能遇見和老爺爺有關連的人——

驀地我想起某件事，一定要趁現在問清楚才行。

「蓋比特先生，請問我們有見過面嗎？」

思前想後，我真的對眼前這位文質彬彬的蓋比特先生沒有任何印象，為什麼初到縞月城時，他能認出我是老爺爺的魔偶呢？

「對喵，當時蒲公英還沒成為魔偶，所以什麼也不知情喵。」

卡拉細想了一會，露出一副恍然大悟的表情。

卡拉，你在說什麼？

當時我還沒成為魔偶？

「當年貝爾默先生來訪時，我覺得妳很細膩精緻，印象特別深刻，才會一眼就認出你們。」

蓋比特先生不慌不忙地回答：

「說起來，白雪就是看見妳之後班門弄斧的作品，因此她的外表和妳有點像，不過個性完全不同。」

他們說的話，為什麼我有聽沒有懂？

我努力釐清頭緒，試著提出了疑問：

「當年的意思是……我曾經和老爺爺，還有卡拉一起旅行？」

「……沒有人告訴過妳喵？」

沒有！

當我從魔法陣甦醒時，老爺爺已是經營玩偶店多年的老闆，卡拉則是伴在老爺爺身邊多年的黑貓。

原來老爺爺年輕時和卡拉旅行的日子，我已經待在他們身邊了嗎？

那是我所不知道的，關於老爺爺和我的事。

太好了。

能夠成為魔偶、親身踏上老爺爺和卡拉曾經走過的地方，實在太好了。

「我會盡快康復，然後親自把白雪找回來。」

正當我沉醉在新發現中，丹尼忽然揚聲宣告。

「怎麼……不要新魔偶了？」

蓋比特先生搶先詢問。他的表情很複雜，有點喜出望外，也有點難以致信。

「不是白雪的話，我就不要了。」

丹尼一臉堅決地說，這似乎是他深思熟慮後的決定。

「要是新魔偶像蒲公英那樣，玩雪仗一下子就被打敗，又不懂縞月城的歌謠，舉止還總是慢悠悠的話，該怎麼辦才好？我總不可能丟掉她吧？」

好像有顆大石重重地朝我的頭頂砸下來。

唔……我真的有那麼不堪嗎？

蓋比特先生倒像是放下心頭大石般，笑著搔弄丹尼的短髮。

「好了，時候不早了，趕快起程吧。」

也對呢，是時候道別了。

「丹尼，祝你的腳早日康復。」

「找到白雪之後，要好好和她道歉喵。」

「多管閒事！」

不過，我認為丹尼一定會哭著道歉的。

越過寬敞的城門，莫名的感動自我心中油然而生，不用走下水道實在太好了。

展望松樹林，人們已經清理出一條能看到地面的小徑。

這幅情景，我會不會曾經和老爺爺一起目睹過呢？

望見眼前這片冰天雪地，我不禁聯想到白雪，那個素未謀面的魔偶。

丹尼好像想通了，可是我仍然滿腹疑問。

「卡拉，為什麼沒有魔偶能取代白雪？」

「不止白雪，世上沒有一個魔偶能取代蒲公英，主人一定也是這麼想喵。」

「可是……這個世上不是只有生物才是獨一無二的嗎？」

「不是生物和魔偶的問題喵。」

聞言，我不禁停下腳步。

卡拉向前走了數步，才察覺我愣在原地，於是一同停下來。

「本大爺覺得，要是沒有和主人相遇、沒有一起生活，我們不過是一隻普通的黑貓妖和一個隨處可見的娃娃，主人對我們而言，也只是個普通的老頭子而已。」

他仰望著藍天，悠悠解說，周遭的白雪將他的一身黑毛襯得更為顯目。

「如果我們互不相識、沒有感情和回憶的話，不就跟路邊的某棵樹、某塊石頭沒兩樣喵？這種不痛不癢的存在，哪裡算是獨一無二的？」

微風迎面而來，吹散了眼前的迷霧。

原來不是生物與否的問題。

萬物並不會因為擁有生命而獨一無二，卻會因為「相遇」，成為無可取代的存在。

當有了感情、有了回憶，即使原本沒有生命的魔偶，也會變得獨特萬分，永遠無法代替。

就像白雪和丹尼，他們相遇、有著只屬於彼此的回憶，因此白雪再也不只是「魔法衍生而來的工具」，而是丹尼眼中無可取代的白雪。

「喵，如果……本大爺說如果——」

卡拉把目光投回我身上，支吾了一會兒：

「如果蒲公英喜歡，就留在縞月城喵？畢竟娃娃還是比較適合待在家裡……」

我立刻搖頭拒絕。

「我要和卡拉一起把老爺爺的信交到迪雅小姐手上。」

我三步併兩步跑到卡拉身旁，肩並肩愉快地踏上旅程。

這個世上，沒有什麼比老爺爺和卡拉更重要了。

Chapter 03 第三章
野獸的永恆玫瑰

還沒遇上小貓妖之前，我曾經到訪過一個以牧羊為主業的村莊。

除了盛產柔軟又鮮豔的羊毛線球外，村莊的最大特色就是勾織娃娃了。單單利用一支勾針、一條羊毛線，沒兩三下羊毛線娃娃就此誕生，很神奇吧？要是妳也在場，一定會興奮得大呼小叫。

勾織的工具比製作其他種類的玩偶簡單多了，於是我自信滿滿地拿起勾針，直接挑戰最複雜的勾織圖案——然而當羊毛線只打成死結卻沒有成為娃娃、旁邊的大嬸豪邁大笑並熱情地糾正我時，我才發現自己的編織技術有多笨拙。

迪雅，換作是妳的話，應該很快就學會了吧？

最後，我在這村莊停留了足足兩個月才熟習勾織技巧，這份堅持完全超出了自己的預期。

是什麼原因令我如此執著呢？

……說來羞愧。

縱使機會有點渺茫，但我希望學會後，能有這麼一天……可以親自教導妳。

好久沒有旅行了喵。

伸伸懶腰，清理毛髮，本大爺要時刻保持整潔，才能以最佳狀態面對旅程中碰到的各項挑戰喵！

森林裡處處是水窪，低頭便倒映出本大爺小而精實、充滿流線感的身軀。

喵喵，別看本大爺外表是隻集野性與可愛於一身的黑貓，其實可是魔物界中響噹噹、令人聞風喪膽、夜貓族的純種黑貓妖。

可惜一次年輕犯下的錯誤，讓本大爺淪落為某個人類的使魔。

不過難得本大爺認同他的實力，只好叫他一聲主人喵。

本大爺一直守護主人，跟著他四處遊歷，過著飄泊無根的浪子生活，後來更一同隱居在四季如秋的艾寶城，經營著一間生意不怎麼樣的玩偶店。

正當本大爺以為會在玩偶店平靜度過餘生時，沒想到事隔多年，本大爺又再重出江湖喵。

只是，這次旅行不同於以往。

「卡拉，這裡是什麼地方？」

「火薔薇國喵。」

「卡拉，我們下個目的地在哪裡？」

「蛋白石城喵。」

如今在本大爺身邊的，是個名叫蒲公英的魔偶。她的外表與人類相仿，卻只有五顆蘋果高，褐色捲髮紫色眸，無論是打扮還是舉止，她都像下午茶過後，來到森林漫步郊遊的大小姐喵。

「我想親手把這封信交到迪雅小姐手上。」

——因為蒲公英這句話，我們丟下玩偶店不顧，走出氣候怡人、宜居宜經商的風車葉國，展開了一段對貓妖和魔偶而言相當漫長的送信之旅。

旅行沒什麼不好喵，唯一的缺點就是要餐風宿露，然後還得小心翼翼地照顧這個孩子。

蒲公英跑到前頭，伸手撥開擋路的草，沒想到葉片忽然閉合起來，她立刻嘖嘖稱奇。

「卡拉，這是什麼？」

「含羞草喵。」

「卡拉，為什麼它叫含羞草？」

「因為碰它會縮起來喵。」

主人晚年身體開始轉差，於是選了蒲公英成為魔偶，幫忙做點細活和打理日常生活。

要是不離開艾寶城，本大爺不會發現她的知識幾乎只局限於玩偶店的工作範圍，旅途至今她總是一直問、一直問，整個世界對她而言都非常新奇有趣。

雖然是有點煩沒錯，不過儘管問喵，反正本大爺無所不知——

「卡拉，為什麼含羞草會縮起來？」

「……因、因為它們被妳碰到，所以很害羞喵……」

「卡拉，它們現在縮起來了，怎麼辦？」

「唔……等它們看不見妳時就會鬆一口氣、恢復過來喵。」

看喵，本大爺沒什麼是回答不了的！

「含羞草，打擾了對不起。」

她居然一臉認真地跟路邊的野草道歉了，真是個單純的孩子喵。也正是因為這樣，叫本大爺怎麼能放心讓她一個人到處跑？

要知道這個世界相當險惡喵，不是每個地方都像八點半街的住戶們那樣純樸熱情，比方說縞月城的那個小男孩，差點就害主人的信搞丟了喵。

森林裡也不可能只有小鳥在唱歌或是小鹿在吃草，那只有童話才會出現。現在我們必須時刻提高警覺，注意四周有沒有猛獸留下的氣味和痕跡……

「卡拉，這是什麼？」

蒲公英指著眼前的一個小水窪，好奇地問。
擔心的事情終於發生了！
「要小心了喵，這是猛獸的腳印！」
目測這腳印差不多有本大爺的肉球十倍大，看來牠的體形比我們大很多喵！
「卡拉，那隻猛獸會不會是──」
她仰望半空，開始想像猛獸的外形。
「頭上有兩個半圓形的耳朵，全身都是棕色的毛，像泰迪熊一樣可是比人類還要高？」
什麼像泰迪熊一樣喵？應該是泰迪熊像牠才對！
「那是熊……」
喵喵喵？
蒲公英居然能夠把一隻熊形容得鉅細靡遺，也就是說……
她看著的不是半空，而是確確實實站在本大爺身旁、既凶猛又殘忍的大棕熊！
牠盯上我們了！
「快逃喵！」
本大爺用頭大力地推了蒲公英一下，她總算反應過來，一起狂奔。
敵人看起來比本大爺強太多，這下只能逃了！

「卡拉，泰迪熊很受小孩歡迎，它不是很友善嗎？」

大概是主人沒料到她會在森林歷險喵？蒲公英一臉難以置信地問著令我難以置信的問題。

「不要拿布娃娃和野獸比較喵！」

逃得掉再慢慢跟她解釋好了！

沉重的腳步一直緊跟在後，森林的環境實在不適合蒲公英走動喵……太慢了，這樣下去鐵定會被那大塊頭生吞活剝，必須想辦法擊退牠才行！

有了！面前那棵小樹！

靠本大爺的體重壓彎它，然後彈回去打昏那個大塊頭不就可以了喵？

「蒲公英，繼續向前跑喵！」

本大爺飛快地躍上了那棵小樹。

喵喵喵喵！本大爺不夠重喵嗚！

儘管本大爺已經攀到樹頂，也只彎了一半，這種衝力根本不夠……咦咦！樹忽然壓得更低了？

「卡拉，可以放手了嗎？」

幹得好，蒲公英！

她在地面拚命拉緊樹幹。加上蒲公英的重量就剛剛好了，受死喵大塊頭！

「三、二、一——」

「喂！你們——」

砰！

大塊頭好像想說什麼，冷不防頭撞到了樹幹，立刻呈大字形倒在地上，一動也不動。

成、成功了喵？

「卡拉，泰迪熊昏倒了。」

蒲公英檢查了棕熊一會兒，接著宣布戰果。

喵哼哼……看到了沒？本大爺又再漂亮地贏了一仗。

好好記住了，本大爺可是大名鼎鼎、魔物界聞風喪膽的黑貓妖，別隨便惹毛本大爺，不然倒霉的可是你喵！

「卡拉……」

蒲公英害怕得連聲音也在發抖。沒關係，凡事有本大爺在！

「棕熊已經被本大爺打敗了，不用害怕喵。」

來盡情誇獎本大爺吧！摸摸頭還附有治癒效果喵。

然而蒲公英搖搖頭，示意要我看向前方。

怎麼了喵？

「前面有狗。」

不知什麼時候……大概是在本大爺歌頌自己豐功偉業的時候，跑來了一隻大灰狼，不懷好意地咯咯笑著。

而且禍不單行的是，牠不只是一隻，還有兩隻同黨自左右兩旁冒出，繞著我們慢慢轉圈，一副虎視眈眈的姿態。

嘖，我們被包圍了。

「喂，夥伴們，看那隻貓咪打昏了誰？」

「居然有本事打敗了泰迪，似乎很厲害的樣子嘛……」

「本來是要感激你的，不過真可惜你是隻貓。」

貓咪？哼哼哼……

「真是知識淺薄的狗，連黑貓妖也沒見過喵？真可憐。」

被本大爺說中了喵？大灰狼虛張聲勢地吠叫，嚇得蒲公英躲在本大爺身後。

不用怕，本大爺會好好保護妳喵。

「卡拉，不如試試用那招……」

她小聲在耳邊建議，那招是哪招？

喵喵！她說的是貓瞳術喵？

「那招對狗不管用。」

而且本大爺也不屑對狗用！

「區區一隻黑貓，居然那麼囂張！」

「竟敢踩上我們的地盤！」

「看我們把你咬成肉碎！」

這就是貓和狗的宿命，只有一戰了！

儘管撲過來喵！來嘗嘗本大爺的貓拳——

喂喂，你們怎麼不動了？

本大爺戰意旺盛，大灰狼卻愣在原地、沒有反應，就連蒲公英也跟牠們一樣直直盯著本大爺後方，張大嘴巴說不出話來。

本大爺忍不住回頭望去。

棕熊坐起來了。

「吼——」

喵喵喵喵喵——大塊頭復活了！

大塊頭仰天怒吼，背後燃燒著憤怒的火焰，一腳踢開大灰狼，一爪拍走另一隻，不費吹灰之力便解決了兩個敵人！

看到同伴們都撞在樹幹滿天星斗，餘下那隻低嗚幾聲，趕緊夾著尾巴逃跑了！

喵嗚？現在不就只剩下本大爺和蒲公英了喵？

「快逃！」

跑跑跑跑——為什麼四隻腳再怎麼用力抓也沒有往前一步，反而不可思議地飛起來……

不，不是飛起來，是被大塊頭抓起來了！

「有本事就放開本大爺來決戰，身為夜貓族寧可光榮戰死！」

奈何牠皮厚肉實，即使不停揮舞利爪，本大爺的攻擊根本像是在替牠搔癢。

可惡喵，要不是本大爺被封印成這個形態，鐵定能跟大塊頭戰得不分高下！

大塊頭抓住我們的腳，把我們倒吊到眼前。

到底是怎麼了？

牠瞄了我一眼，又盯著蒲公英好久，然後一聲不響地把我們擱到背上，轉身走往森林深處。

到底怎麼了喵？你這個大塊頭要拐我們到哪裡——

這是什麼情況喵？

大塊頭把我們丟在一個小瀑布旁，挖了一塊沾滿了蜜糖的蜂巢放到大石上，然後跑到一旁澆花。

「卡拉，我們要躺多久？」

躺在旁邊的蒲公英小聲地問。

「躺到有機會逃跑為止喵。」

本大爺也同樣一動不動地躺在地上，連尾巴都不敢擺半下。

經過剛才的決鬥，本大爺深深確定自己不是大塊頭的對手了喵，所以只好另想方法。

大塊頭沒有立刻吃掉我們，證明牠現在肚子不餓，只要我們一直假裝被牠嚇昏，等待牠再去捕獵儲糧時，就能趁機逃出這裡喵！

「卡拉，泰迪熊先生似乎不是壞蛋啊？」

蒲公英偷偷看了看蜜糖，又看了看大塊頭，小聲地說。

牠還真的叫泰迪喵，那些狗好像是這樣稱呼牠的？

「喵喵喵，妳也太早下定論了，說不定牠是假裝的。」

不過說實在，這邊跟剛才陰森森又充滿霉味的森林完全不同，被打理得像是花園一樣，風和日麗、鳥語花香，連喜好寧靜的木精靈都養出來了。

可是喵，牠抓我們回來一定有什麼陰謀，說不定是打算養胖本大爺才吃掉，畢竟哪有熊不吃肉——

看喵！

大塊頭澆完花，走過來了！也好，看看你葫蘆裡到底賣什麼藥——

肥厚的熊掌自上方逐漸逼近……

竟然是摸頭喵？

還懂得利用長長的爪子搔弄本大爺的下顎，沒想到大塊頭的熊掌那麼大，做起這種細活卻相當不俗。

「喵嗚……好舒服，背脊也躺得好癢，這裡順便也搔一下——」

話音未落，本大爺從舒暢的狀態中恍然回神，並瞬間冷汗狂冒。

「原來你在裝可愛？」

大塊頭聲如洪鐘，體形壯碩得連陽光也遮蔽了，那個居高臨下的眼神，光是盯著似乎就能將本大爺碎屍萬段。

「看清楚喵，本大爺是在裝死！」

假裝忍不住摸摸頭，來試探本大爺是死是活，萬萬想不到牠如此陰險喵！

大塊頭再次高舉熊掌，還以為牠會趁勢攻擊，孰料牠只是伸手指著大石上的蜜糖而已。

「來吃蜜糖！」

喵嗚……氣勢……好強的氣勢！

「蜜糖很好吃！」

雖然很可怕，可是不能逃避，本大爺一定要保護蒲公英喵！

「泰迪熊先生……謝謝你的蜜糖，不過卡拉吃太多蜜糖會拉肚子。」

蒲公英勉強擠出半點聲音回答。

「不要將弱點洩露給敵人喵！」

她太單純啦，萬一大塊頭立刻塞一堆蜜糖到本大爺嘴裡怎麼辦？

「那吃水果！」

大塊頭隨手摘下旁邊一棵果樹的果實，粗魯地塞到蒲公英懷裡。

「泰迪熊先生……謝謝你的水果，不過我不吃。」

「為什麼？」

「因為我是魔偶呀。」

「魔偶是什麼？」

「魔偶術是一種釋放魔力作為活動能力的魔法，而魔偶就是不用吃喝也能維持活動——」

「夠了，本大爺沒閒情陪你家家酒喵。」

再不切入正題，蒲公英大概會仔細解釋到明早喵。

「你抓我們回來到底有什麼企圖？」

大塊頭默不作聲，凶悍的眼神一直沒移開。牠把蜜糖和水果直接拋進嘴裡啃咬，看著總覺得好痛喵……

牠咕嚕吞下所有東西，霍然站起來。

要準備了，接下來將會迎來什麼攻擊——

「妳真的是她的同類！」

牠居然無視了本大爺，走到一輛撞在大樹上的馬車前，打開了車門。

陷阱，一定是陷阱——

那個玻璃折射晃來晃去的光點一定是陷阱喵！

太囂張了，看本大爺撲倒你喵！

可惡！可惡！可惡——竟然還照到蒲公英的靴子上，快給我走開——

「卡拉，別玩了。」

光點忽然消失了，蒲公英的臉迫近本大爺的眼前。

喵嗚……一不小心就在這種地方浪費體力了，所以說這是陷阱喵！

「卡拉，我認為你必須到車廂看看才行。」

蒲公英一臉憂鬱，似乎有什麼令她難過的東西在裡面。

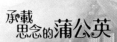

也就是說，本大爺又得多管閒事了喵……

跳上車廂，裡面有隻沒了半身、滿是泥巴的勾織娃娃。

「鹿妹妹，妳還記得卡拉嗎？」

蒲公英坐在那隻娃娃旁邊這麼問。

真厲害，都已經髒成這樣了，她也能看出對方是隻雌鹿喵。

那隻鹿娃娃看著本大爺不停點頭。喵喵，本大爺是很有名的黑貓妖，有粉絲也是理所當然的事。

「卡拉，你不記得她嗎？」

「本大爺有記得她的理由喵？」

「卡拉，她是玩偶店的娃娃啊。」

「什麼？」

本大爺湊近嗅了嗅，的確是玩偶店常用的羊毛線氣味沒錯，可是這不代表她就是主人的作品喵。

蒲公英和她小聲說了幾句，她便點點頭翻開了肚子。

每個魔偶師的魔偶術式都不一樣，鹿娃娃的魔法陣雖然很黯淡，不過跟蒲公英還有玩偶店的所有魔偶如出一轍，所以本大爺絕對不會看錯。

鹿娃娃身上刻有主人的魔法陣。

「鹿妹妹說，之前她的後腿被樹枝勾破了，以為自己會永遠困在森林時，泰迪熊先生出現並將她安置在這裡……啊，泰迪熊先生，你怎麼下跪了？」

對喵，大塊頭怎麼忽然下跪了？

「拜託了，鹿小姐需要幫助！」

蒲公英困惑地問：

「鹿妹妹，我們可以怎麼幫助妳？」

鹿妹妹比手畫腳，開始了魔偶們才明白的交談。蒲公英說了好幾次「沒關係」、「不要緊」、「儘管說」，推推讓讓了一陣子，卻似乎還是沒問出個所以來。

喵，本大爺實在忍不住要拍拍鹿妹妹的頭了。

「妳是我們家的魔偶喵，有什麼要求直接說就好。」

真是的，為什麼要跟我們客氣喵？

「鹿妹妹，放心吧，卡拉雖然是隻貓，不過他很可靠啊！」

蒲公英也附和著。喵喵，本大爺是黑貓妖才對，不過很可靠這句話還滿中聽的。

「雖然方法是有點稀奇古怪沒錯，可是旅程至今為止的所有疑難，卡拉都解決得一個不剩哦，有什麼問題相信一定難不倒他。」

鹿妹妹看了看本大爺、看了看蒲公英，最後低下頭來。
蒲公英恍然大悟地輕呼了一聲：
「卡拉、泰迪熊先生，鹿妹妹說她想要回下半身。」
唔……還真是說難不難，說易不易的要求喵。
蒲公英的確是懂得勾織沒錯，然而即使森林裡有綿羊能製作毛線球，也得要有勾針這類工具才行喵。
「那邊有個牧羊的村莊！」
大塊頭直直指著森林某個方向。
「卡拉，說不定可以向那裡的人類借修補工具。」
蒲公英聽完相當高興，本大爺也不希望看到自家魔偶破破舊舊的樣子喵。
「放心，交給本大爺辦喵。」
喵喵喵，真沒辦法，又是本大爺顯露身手的時候了。
「那麼，鹿妹妹快到本大爺背上來，我們出發去村莊！」
但鹿妹妹把玩著雙蹄，似乎不太想起身。怎麼了，不是想要回下半身喵？
「鹿妹妹說她不想離開這裡。」
幸好有蒲公英翻譯，看來鹿妹妹吃了很多苦，害怕再看到人類了喵。

「那麼，妳們留在這裡等本大爺回來好了。」

大塊頭救了主人的魔偶，將她安置在能遮風擋雨的地方，還能與木精靈和平共處，證明牠雖然舉止粗魯，但其實是個內心纖細、值得信賴的傢伙喵。

「卡拉，為什麼我也要留下來？」

和預想中一樣，蒲公英很擔心本大爺。傻瓜，天底下沒什麼事會難倒本大爺喵！

「森林的路對妳來說不好走，乖乖留在這裡，和鹿妹妹敘敘舊喵。」

反正只是去借個東西，兩個人一起去也只會多花時間和力氣而已。

「拜託了，在下沒辦法靠近人類！」

本大爺總算勸服了蒲公英，大塊頭又再下跪以表感謝。

「卡拉，為什麼泰迪熊先生不能靠近人類？」

這還真是個蠢問題喵。

「看看喵，牠的外型樣貌凶悍駭人，走去村莊的話絕對會把人類嚇壞喵。」

到時候別說借工具，不反過來被追殺才是奇蹟。

大塊頭沉默了三秒。

「吼——」

牠怒吼一聲，非常懊惱地抱頭擺腦。

喵……本大爺只是如實直說而已喵！

「泰迪熊先生，不要激動，我們也明白你很想幫忙……」

蒲公英不知怎地，安慰到一半忽然停下來。

「泰迪熊先生，你怎麼知道鹿妹妹需要幫忙？」

喵！說來也是，鹿妹妹明明是隻沒表情又不能說話的魔偶。而且因為她是我們家的魔偶，本大爺才會義無反顧地幫忙，可是喵，大塊頭有什麼原因非要插手不可？

大塊頭冷靜下來，非常自豪地站直身子。

「因為愛！」

……這話肉麻得本大爺耳朵後翻了。

「我喜歡她！」

還重覆一次，堂堂硬漢如牠都不害羞喵？

被告白的鹿妹妹雙蹄掩臉，蒲公英則是呆了半晌，倏地眼睛亮了一下。

糟了，這徵兆該不會是——

「卡拉，什麼是——」

「本大爺要出發了喵！」

她一定是想起主人那封信的內容，然後發現自己不了解某種感受喵。這種肉麻得要命的話題不是本大爺的作風，還是早早結束比較妥當。

「拜託了——」

本大爺已經跑得遠遠了，但還是聽到大塊頭雄厚有勁的叫聲。

就說不用那麼激動啦，真是個典型的大老粗喵，跟牠溝通要是膽子小一點，絕對會被嚇個半死，真猜不透鹿妹妹是怎樣和牠相處的。

話說回來，本大爺直到現在仍然難以置信喵，這個深山野嶺居然會遇到主人的作品。

記得玩偶店開幕初期、主人賣出第一隻魔偶時，曾經望著走遠的客人這麼說：「希望魔偶們也能生活得幸福。」

本大爺不會忘記那個感慨萬分的眼神。

可惜現實往往不從人願，有些客人的確會定期帶著魔偶回來，找主人填充魔力，然而大多數魔偶跟隨客人走出店門後，便石沉大海般永遠失去消息。

正如今天，我們就遇上了生活得不幸福的魔偶。

喵！沒關係，至少還有本大爺——

嗯，什麼聲音？

本大爺停下來豎起耳朵細聽，不遠處傳來了狼嚎，還有接踵而至的腳步聲。

沒道理啊，這邊應該還是大塊頭的地盤才對喵？

現在不是正面交鋒的時候喵，先爬到樹上觀察再說。

只見十多隻狼經過了樹下，牠們這種規模簡直像是在遷徙喵！

「你知道我們為什麼老是被泰迪打敗嗎？」

「老大，因為那邊森林伙食太差了！」

「答得好，總是吃不飽，哪有力氣保住地盤？」

「沒錯啊老大！我們也是這樣認為！」

一陣表示贊同的狼嚎響起。

喵喵，打架輸了怪伙食太差？怎麼不好好承認是自己太遜喵？

這種事先放在一旁。看牠們前進的方向跟本大爺一樣，該不會——

「所以，今天老大決定進行那個大計！」

「打倒人類計畫，要人類臣服在我們狼群之下！」

「那時候我們再也不用偷偷摸摸捕獵他們的羊！」

「而是要他們跪下來，自動獻上肥美的家畜！」

又一陣表示贊同的吠叫，牠們果然在打村莊的主意喵！

真是一群非常愚蠢的狗喵，必須阻止牠們！本大爺不認為這個計畫會成功，可是牠們跑去村莊搗亂的話，本大爺要怎麼跟人類借針線？

如果對方只有三、四隻，要本大爺應付當然綽綽有餘，偏偏這個數量……可是現在跑回去找大塊頭，一來一回牠們都到村莊了……

可惡喵，本大爺煩惱得頭快要爆炸，木精靈卻等狗離開後繼續悠悠閒閒地在澆花！

「喵，你們！」

本大爺自問已經很壓抑了，結果那些木精靈還是嚇了一跳。

「你們應該也聽到那些狗的計畫了喵？可以幫忙通知泰迪喵？」

木精靈立刻搖頭拒絕。

「為什麼要幫忙？反正人類也不是什麼好東西。」

喵喵喵，這麼簡單的因果關係也想不到喵？

「不要一副事不關己的樣子，要是那些狗破壞了村莊，人類就會走進森林大量伐木來修補，最終受害的還是你們喵！」

就當是為了自己的棲息地喵，又不是要你們和狗開戰，只是通知一聲而已！

木精靈交流了一會，紛紛抱住樹幹。雖然四周沒有風，樹冠卻接二連三地漸漸搖擺起來，一直往瀑布方向擴散。

對喵？只要稍微想一下，就會明白本大爺說的話深有道理。

「謝謝你們了！」

接下來，在大塊頭還沒趕來之前，本大爺得想辦法拖延時間！

這趟旅程即使沒有主人陪伴，依舊沒有本大爺解決不了的難題。

狗也好狼也好，儘管放馬過來喵！

「老大，越過前面的草原就是村莊！」

「聽好！這次目標不是那些肥美可口的羊，而是襲擊村莊！」

「這次成功令人類屈服的話，永遠也不愁吃了！」

「那時候別說泰迪，整個森林都將由我們稱霸！」

雖然繞了點遠路，但本大爺總算趕在那群狗衝出森林前堵住牠們。

在樹上偷聽到那群狗的對話。喵……還沒行動是在沾沾自喜什麼？狗都這麼愚蠢喵？

算了，貓才不會理解這種思維簡單的生物。

「喵，聽說你們要去襲擊人類喵？」

那些狗四處張望一會兒，終於發現了高高在上的本大爺，立刻亂吠不停，真吵喵。

「我們就是要襲擊人類，怎樣？你要做英雄嗎小貓咪？」

狼群張牙舞爪，放聲大笑。

很好喵，只怕你們不給本大爺搭訕而已。

「喵喵喵，如果是本大爺的話，就不會去招惹人類。」

「你在胡說什麼？」

「人類才是最厲害的喵，比泰迪還厲害。」

「少看不起我們！這次我們全軍出動，一定可以——」

「所以說你們真單純喵，他們不用人數多，只要靠腦袋就可以輕鬆戰勝你們。」

那些狗猶疑起來了。對喵，本大爺就是要這種反應！

「人類懂得魔法、懂得詛咒，會召喚很多比我們還厲害的魔物喵。」

為什麼到現在森林依然毫無動靜……真心急喵，不知道這些頭腦簡單的狗還會聽本大爺瞎扯多久。

「如果有魔物對村莊心懷不軌，只要踏足那片草原，人類就會召喚猛獸喵。」

「少來了！我們不知偷吃了人類多少家畜，從來沒聽過有什麼詛咒！」

「別聽這隻貓瞎扯，我們出發吧！」

狼群高聲附和，群起跑出森林——

「來了。」

驀然沉重又急速的腳步聲從遠處跑近，連本大爺也聽見了，那些狗當然不可能沒察覺。

還真是來得及時喵！

「吼──」

大塊頭氣勢磅礡地撲出草叢，一下子就壓倒了幾隻灰狼，找他來救援真沒錯！

是時候展開宿命的對決了，只是比自己體型稍大的狗而已，本大爺才不怕！

從樹幹躍下，在地面等待本大爺的是一排排又髒又臭、開開合合的尖牙。哼哼，你們以為這樣就能咬到本大爺半根貓毛喵？

抱歉，即使本大爺隱藏真身，你們也只配當本大爺的踏腳石而已。

重重踏住其中一隻狗的鼻子再躍起，牠們連本大爺的殘影也看不到，洶湧而至地撲咬過去，本來打算圍攻，卻一下子變成自相殘殺。

「是我啊別咬啦！」

「貓呢？貓在哪裡？」

「在後面！他什麼時候竄到後面了？」

居然現在才發現，反應也太慢了，來嘗嘗本大爺的厲害──

「汪嗚──」

「眼睛！」

「我的眼睛！」

發動圍攻的狼群都在地上打滾痛呼。喵哼，本大爺才不會和你們硬碰硬呢，當然是用最快速的方法解決你們！

好好記住了，本大爺是夜貓族的黑貓妖，要是隨隨便便把本大爺當成一般家貓，吃虧的只會是你們而已！

「吼——」

大塊頭叫得好淒厲——不好，牠被餘下的狗撲倒了！

「放開大塊頭喵！」

狼群咬住牠的手腳狂撕猛拉，任憑本大爺再怎麼攻擊，牠們都完全沒有鬆開口的打算。

嘖，難道要來個同歸於盡喵？

「吼——」

更多餘黨撲上來了！

大塊頭痛得忍不住在原地打滾。別亂動，這樣本大爺更難替你解圍——

忽然一陣天旋地轉。

「咩——」

回過神來，這裡沒有茂密的樹冠，陽光直直從頭頂灑下，藍天白雲還配上一聲聲羊叫。

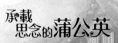

大塊頭拖著身上一堆狼還有本大爺一起滾出了樹林，恰巧落在人類牧羊的地方。

牠已經奄奄一息了，那群可惡的傢伙還打算乘勝追擊！

糟了、糟了喵！

得趕在驚動人類之前——嗯喵？

「汪——汪汪——」

那些狗忽然一動不動，只能在原地發狂似的吠叫，不知是哪來的藤蔓從草地長出，緊緊綑綁住牠們的四肢。

植物……難不成是木精靈在幫忙？

「卡拉——」

沒聽錯喵，是蒲公英的聲音？

就在不遠處，蒲公英抱著鹿妹妹、搭乘著藤蔓。她們還沒準備著地，藤蔓便拋下她們退回森林裡了。

「怎麼回事喵？」

她們在草地翻了幾圈……喵，與其說是由木精靈送出來，似乎更可能是被丟出來。

「卡拉，木精靈說這是我和鹿妹妹惹來的禍，所以我們被趕走了。」

果然是這樣，他們把狼綁起來，也就是賣個人情給我們，要我們別再來煩擾的意思喵？真是一群非常、非常、非常害怕麻煩的精靈喵。

不過算了，倒是化解了一場危機……

嗯？蒲公英怎麼直直盯著本大爺喵？

「卡拉，你受傷了……」

喵！身上太多血跡嚇壞她了！

「不用擔心喵，只是皮肉傷而已。」

現在舔毛還來得及喵？身上多數的血都是大塊頭……

對喵！大塊頭！

「鹿妹妹，怎麼了嗎……泰迪熊先生？」

鹿妹妹忽然不停掙扎。

蒲公英跑到大塊頭身邊放下她，她立刻倚在大塊頭的額上。

說不定是在哭喵？

「卡拉，泰迪熊先生怎麼了？」

「牠受了重傷喵。」

「受傷、流血……泰迪熊先生會死嗎？」

……不知道喵。

本大爺要如何回答她這個殘酷的問題喵？

嗯喵？

似乎有很嘈雜的聲音向著這邊過來……

是人類，他們帶著大把大把的耕作工具跑來了！

「這裡！就是這邊有狼……牠們怎麼被草纏住了？」

「竟敢又來偷羊——嗚哇！有棕熊！」

「還有隻滿身是血的貓！」

村民二話不說先制服了那群狗，轉眼看到大塊頭，果然嚇了一跳。

有人類的話，大塊頭說不定有救！可是這種混亂情況，他們還分得出誰是敵誰是友嗎？

想到了喵，這樣做的話說不定可以！

「蒲公英、鹿妹妹，趕快爬上大塊頭身上喵！」

聽到我的提議，蒲公英似乎十分不解。

「卡拉，可是泰迪熊先生受了傷……」

現在不是解釋的時候！

「總之給本大爺照辦喵！」

我們一起趴在奄奄一息的大塊頭身上，耐心等待村民小心翼翼地靠過來。

人數差不多了，是時候喵！

一回眸，本大爺這雙淚水汪汪的圓大貓眼，是不是很楚楚可憐喵？

「喵嗚……振作點，不要死喵……」

本大爺帶著哭腔的感性聲線，再加上一對軟綿綿的貓手掌，輕輕在大塊頭身上反覆搓揉，這場面絕對賺人熱淚喵。

「天啊，小黑貓居然為一隻受傷的熊哭了！」

「太感人了！」

「這就是跨物種的友情嗎？」

果不其然，方才的騰騰殺氣頃刻消散了，村民紛紛投來了同情的目光。

「先生小姐，請你們不要傷害泰迪熊先生，是牠保護了村莊！」

此時蒲公英努力地勸說，伸手擋在大塊頭前面，大聲叫嚷，村民表現得非常愕然。

「哎呀，那隻鹿娃娃——」

忽然一名婦女放下了平底鍋，一臉驚訝地指著鹿妹妹。

「你們來看看像不像？」

怎麼了？

怎麼了喵？

「真的耶，只是沒有下半身！」
「天啊，真是不可思議！」
「竟然自己回來了！」
村民湊近鹿妹妹仔細瞧看，然後一臉嘖嘖稱奇。
有誰能來解釋到底是怎麼回事喵？
「鹿妹妹，請問這是……是這樣啊！」
鹿妹妹比手畫腳地解答，蒲公英不要只顧著驚訝，快給本大爺翻譯喵！
「卡拉，鹿妹妹說她原本就住在村莊裡，主人是村長的女兒。」
居然還有這種峰迴路轉的發展喵……
「娃娃不見了後，村長的女兒很失落啊。」
「任誰造出更漂亮的娃娃，她都不要。」
「村長只好懸賞尋找失蹤魔偶了，通告仍貼在村口呢！」
村民你一言我一語地補完整起事件。所以……我們算是誤打誤撞為這個村莊解決一個小麻煩了喵？
不對喵，現在可不是閒話家常的時候！
「總之先給大塊頭包紮喵！」

我們待在村長的家，大塊頭被送去包紮了喵，牠應該死不了的。蒲公英一直低頭編織勾線，沒多久，鹿妹妹失蹤的半身便呈現眼前。

「卡拉，不要抱住毛線球又咬又踢啊，這樣我很難做事。」

喵！就說毛線球有魅惑術喵，一不留神就……對不起喵。

「鹿妹妹，這樣還可以嗎？」

鹿妹妹點點頭，蒲公英便將她交給村長的女兒……原來是位少女喵，沒見面前本大爺還以為她會是個和丹尼差不多大的女孩。

「嘩——恢復原狀了，妳好厲害！」

她的主人滿心歡喜地抱著娃娃轉了數圈，失而復得的感覺很不錯喵。

「她是我的定情信物，謝謝你們找回她！」

喵嗚……又聽到了一個蒲公英不明白的詞彙。

「卡拉，什麼是『定情信物』？」

果不其然，蒲公英然歪著頭細想了一會，眼睛又亮了起來。

「就是向戀人表明自己從一而終的物證啦！我的戀人在某個小鎮買了這隻魔偶給我，是我們的定情信物。」

喵，女孩子果然對這種話題比較敏銳，總之不用本大爺解釋就好。

「他經常外出運送毛線球和勾織物，有時候好幾個月都不能見面，這段孤單的日子只好由鹿娃娃代替他陪伴我了。」

村長的女兒忽然想起了什麼，坐下來十分佩服地問：

「是說你們是從蛋白石城那邊過來的嗎？我就是在那裡搞丟了鹿妹妹的。你們手短腳短卻走了那麼多路，還真是不容易呀！」

喵喵喵，妳真是太低估我們了。

「我們是從風車葉國來的，正打算去蛋白石城喵。」

孰料本大爺這麼一說，鹿妹妹立刻激動地揮手踢腳。

她是不是開始崇拜本大爺了喵？

「卡拉，鹿妹妹說千萬不要去蛋白石城，主人沒有搞丟她。」

嗯喵？

聽著蒲公英翻譯，本大爺寒毛直豎。

沒有搞丟她……那還有什麼原因會離開主人？

「她說那是個很恐怖的地方，費盡千辛萬苦才逃了出來，後來跑進森林遇上泰迪熊先生……鹿妹妹怎麼了？」

前幾秒仍然很激動，但一提及大塊頭，鹿妹妹便立刻靜止下來。

「鹿妹妹說，她很擔心泰迪熊先生。」

蒲公英同樣一臉擔憂。也是喵，不知道大塊頭現在情況如何？

「聽說牠暫時在馬槽休養呢！放心好了，我們會盡力醫好牠，因為牠是拯救村莊的大英雄啊！」

村長的女兒興高采烈地說著，還主動替我們帶路前往農場。

嗯……蒲公英大概沒有察覺喵，這個村莊有玩偶店的氣味。

喵，這樣說似乎有點本末倒置了。

應該說，玩偶店裡有些玩偶充滿了這個村莊的氣味喵。如果沒有推測錯誤，這裡似乎就是玩偶店的羊毛線球來源地了。

玩偶店一直以來都是購入這個村莊出產的羊毛線球來製作勾織玩偶，因此即使本大爺從沒到訪過這裡，仍然有種熟悉又懷念的氣味撲鼻而來。

這種親切感，就像本大爺躲在玩偶店裡的某個貨架上午睡，四周被軟綿綿的勾織娃娃包圍一樣。

蒲公英曾經問過本大爺，為什麼走到很遠很遠的地方，還是會遇上關於主人和玩偶店的事物呢？

要說答案的話，大概只能說這就是際遇了喵。

「喵，大塊頭，我們來探望你了。」

看到大塊頭包紮得滿身繃帶、孤伶伶地坐在角落半睡半醒，還真是有點可憐喵。

「泰迪熊先生，鹿妹妹也來了。」

聽到蒲公英的話，牠終於提起精神望向我們。

「看見了喵？是完完整整的鹿妹妹——」

喵喵喵！男兒有淚不輕彈，大塊頭你怎麼哭了！

「鹿小姐的願望成真了，在下感激不盡！」

真是的，明明你才是最竭盡所能的那個喵！

村長的女兒識趣地把鹿妹妹放在地上。

喵，鹿妹妹怎麼愣在原地不動了？

一個自顧自哭，一個自顧自愣，到底是在演哪齣喵！

「妳該不會是認為自己會比大塊頭早死，怕他傷心所以不敢面對他喵？」

如果當時鹿妹妹不是因為害怕人類，大概就是不想離開大塊頭才拒絕回到村莊喵。

「經過剛才的事，妳還不明白喵？重點不是誰先走，而是該好好把握現在，珍惜還能相處的日子，擔心後悔而不做決定才是最令自己後悔的喵！」

看過鹿妹妹體內那個暗淡無光的魔法陣，也知道她時日無多了。這次本大爺不用蒲公英翻譯，也了解到鹿妹妹在顧慮什麼。

然而道理是這樣，能不能想通又是另一回事喵。

良久過後，一直躊躇不前的鹿妹妹望著本大爺點點頭，然後爬進馬槽，將前蹄搭在大塊頭的腿上。

大塊頭向來舉止豪邁，此刻肯定是牠這輩子用過最輕的力度喵，牠伸手輕輕撫摸鹿妹妹的頭。

主人，本大爺成功讓鹿妹妹重獲幸福了，是不是很了不起？

魔偶和動物的愛情，再也沒有比現在更不可思議的情景了喵。

嗯……

如果是在這個時候，問這種問題應該不會很奇怪喵？

「蒲公英，唔……本大爺只是問問、純粹好奇問問而已喵？」

她看過來了！

真的要問喵？真的要問喵？

喵嗚——豁出去喵，反正也走到這步了！

「妳對魔偶和魔物的愛情有什麼看法喵？」

呃……喵——這樣問也太蠢了！

先別說問題的意義，蒲公英連愛情是什麼都不知道，怎麼可能懂得回答這種高層次的問題！

「鹿妹妹和泰迪熊先生好像很開心，唔……應該還不錯？」

看喵……果然只得到這種搔不到癢處的答案。

「不過，泰迪熊先生為了鹿妹妹和灰狼打架，真的很勇敢。」

喵。

這是什麼意思？

沿路以來，本大爺都一直有好好地保護妳，為什麼只稱讚別人喵？為、什、麼！

「本大爺就不勇敢了喵？」

「卡拉當然也很勇敢啊！」

「嗯嗯，還有喵？還有什麼喵？」

「還有？唔……鹿妹妹會很感激卡拉啊？」

不——不是指為了鹿妹妹啦！

「卡拉，愛情就是希望和對方永遠在一起，對嗎？」

本大爺正在煩惱還要不要繼續在這話題打轉，蒲公英忽然這麼問。

「喵……簡單來說是這樣沒錯。」

難得這次沒有直接告訴她答案，她仍然用自己的方式理解了喵。

「可是為什麼老爺爺明白愛情後，仍然選擇定居遠方，沒有像鹿妹妹和泰迪熊先生那樣，非常想見對方呢？」

……終於察覺了喵？

明明信裡說得哀戚纏綿，可是主人最後甚至連那封信也忘了寄出，為什麼喵？聰明如本大爺一直想不出原因。

說不定到達目的地、找到迪雅之後就有答案喵。

「對了！或許我能幫助鹿妹妹！」

蒲公英說完就跑進馬槽了。妳到底想到了什麼喵？

「鹿妹妹，既然我們都是老爺爺製作的魔偶，或許我體內的魔力可以分一點給妳。」

喵喵！

蒲公英，妳確定要這樣做喵？

這樣的話，不就代表——

鹿妹妹似乎也在問同一個問題。蒲公英笑著點頭：

「雖然我也不知道能延長多久，不過還是試試看吧？成功的話，妳就可以和泰迪熊先生再相處一段時間了。」

她挽起鹿妹妹的雙蹄，閉上眼睛，開始模仿主人念出咒語。

喵……本大爺還是保持一下距離比較好，不然害她們中途出岔就麻煩了。

應該高興還是失落喵？藏在她們體內的魔法陣，真的如蒲公英所願漸漸散發著光芒，互相共鳴起來。

魔偶體內的魔力會耗盡，必須由創造它的魔偶師充填。

蒲公英和鹿妹妹的魔力都是由主人賜予的，所以主人去逝的那刻，她們的命運也已經注定了喵。

「我想在最後的時間裡，為老爺爺做點不一樣的事。」

——衝著她的這一句話，於是我們展開了一段對貓妖和魔偶而言相當漫長又驚險的旅程。

即使這趟送信之路是多麼天方夜譚的要求，本大爺也從沒想過拒絕——

因為蒲公英剩下的日子不多了。

如果把信寄出去是她最大、也是最後的心願，即使赴湯蹈火，本大爺絕對義不容辭。

喵……

想到這裡，那個話題究竟要不要繼續，好像也沒有必要了喵。

無論蒲公英最後是否仍對「情感」這回事一竅不通，本大爺也已經下定決心守護著她。守護她，直到魔力耗盡的一刻喵。

Chapter 04 第四章

囚禁公主的魔咒

還記得妳曾經問過，為什麼我對魔偶術深深著迷嗎？

因為只要施下魔偶術，就連沒有生命的事物也可以跟自己互動，這樣一來，好像什麼事物都能互相溝通、再無阻隔了。要是厲害得能夠創造出與真人無異的魔偶，甚至可以跨越生離死別吧？

結果我錯了。

時至今日，我仍為當初這種天真想法深深感到羞愧。

因為這趟遊歷，我見識到世界之大。

這個世上存在著形形色色的人們，有的純樸、有的勢利；有的豁達、有的偏執；有的醉心未來、有的活在過去。

那些被困在過去的人，他們的執迷令我醒悟，任憑魔偶術再厲害，失去的事物還是不可能重現的。

迪雅。

生命中最叫人苦不堪言的，或許並非「失去」，而是來不及好好道別吧？

來到蛋白石城，卡拉一直喊著「好熱」、「好熱」。

這個地方遠看就像縞月城一樣，四周充滿米黃色的「雪」。卡拉後來糾正我，那不是「雪」而是「沙」，因為石頭耐不住這種悶熱天氣，於是爆開成為非常細小的粉末，他說這樣比較清爽涼快。

話題結束後，我們便一直躲在一條滿是雜物的小巷裡。

卡拉從中午開始便一直半睡半醒，精神好差。

「卡拉，你還好嗎？」

只見尾巴的末端晃了一下，他應該聽得見我的詢問。

他說過，老爺爺曾經在蛋白石城認識一位很厲害的魔偶師。要是能找到這位大人物就好了，說不定能幫助卡拉，可是卡拉還沒來得及告訴我名字和地址，便陷入昏睡。

「喵……」

過了良久，卡拉的嘴巴微微動了動。

他是想說些什麼嗎？

「水……」

卡拉想喝水嗎？

「我馬上去找！」

雖然卡拉曾經吩咐我要留在他身邊寸步不離，不過看他這個樣子，我必須要做點什麼才行。

進入蛋白石城後便再也沒看到河流或湖泊了，我該到哪裡找水給卡拉？

展望大街，蔚藍的天空沒有一片白雲，明明是晴朗的中午，街道上卻鮮有人煙，是不是這裡的人都不喜歡大晴天？

倏地我終於注意到了，小巷的對面原來是間酒吧。

酒吧——說不定會有水！

「老闆，請給我水可以嗎？」

我站在酒吧檯前，選了一個老闆稍微低頭便看得見我的位置揚聲詢問，可是他依然專注地擦拭酒杯，似乎聽不到。

「老——」

我試圖提高音量，孰料一輛載貨馬車轟隆隆地在店前煞停，車輪和馬蹄揚起了大量沙塵。

如此一來別說聲音，老闆大概連我都看不見了。

「小子，來租房間嗎？」

「對啊，一晚。」

「喂，原來你是羊毛商人啊？那你會不會走一趟冰劍蘭國？」

「正好明早趕路過去，怎麼了嗎？」

「給你賺趟外快吧！我這裡有個包裹……」

老闆捧出一個刻有酒吧名字的木箱，開始和羊毛商人有一句沒一句地寒暄起來。

換作是平時我還能耐心等待，唯獨這次刻不容緩。

回望小巷，我甚至能想像躲在雜物堆中、眉頭緊緊皺在一起的卡拉，現在一定很期待我帶給他清水。

「老闆——」

幾番聲嘶力竭地大叫後，他們總算注意到我了。

「打擾你們聊天實在很對不起，不過請給我一杯清水可以嗎？」

老闆盯著我良久，然後又左顧右盼，不知為何我感到他的目光有點不友善。

難道我猜錯了，這裡沒有水嗎？

「二十勒多！」

只要二十勒多就可以救回卡拉一命，真是太好了！他倒了一瓶半滿的水放在桌子上。可是這個高度……

「喂，娃娃，這裡的水很珍貴，抓穩一點啊。」

羊毛商人彷彿知道我的困難，主動蹲下來遞給我水瓶，還替我把二十勒多交到老闆手裡。

「商人先生，謝謝你。」

我緊緊擁著和自己差不多高的瓶身，對他深深鞠躬——啊，水差點溢出來了，還是趕快回到卡拉身邊比較好！

「卡拉，水來了。」

我把瓶口放到卡拉嘴邊。他的鼻子抽了幾下，雙眼仍然瞇著，嘴巴卻張開了一點。

卡拉說不定像老爺爺一樣，病重得沒辦法靠自己坐起身子來喝水了。可是我的力氣又不夠同時扶穩卡拉和捧著水瓶，這下該怎麼辦才好？

苦思了一會兒，我只好小心翼翼傾著水瓶，讓水一點一滴流進他嘴裡。值得慶幸的是，他的舌頭有在動。

「卡拉，還好嗎？」

卡拉喝過水後果然恢復了精神，眼睛半張，這次不只是尾巴末端，整條尾巴都重重擺了一下。

「喵……」

他彷彿用盡力氣，輕輕叫了一聲，是想說什麼嗎？

「天氣好熱喵……」

「對啊。」

「所以喵……多睡一下……」

「不用擔心，好好休息吧。」

「……入夜涼一點……再出發喵……」

我湊近過去細聽最後一句話，勉強聽得出這幾個字。

我摸了摸卡拉的頭，他閉上眼睛再度昏睡——嗯，的確在睡，肚子仍然起起伏伏不停。

已經沒有什麼可以為卡拉做了，接下來我唯一能做的只有等待，等到他休息夠了，一如既往地伸伸懶腰，花大半個小時梳理毛，再大搖大擺地和我一起出發。

可是，如果卡拉像老爺爺一樣，午睡後不再醒來……

不不不，卡拉是很厲害的黑貓妖，才不會輕易死去的！

老爺爺說過，壞心情會帶來壞結果，所以我必須找些事情來分散注意力，不然看著卡拉虛弱的睡相，我又會不知不覺往壞方向想了。
我望向酒吧，商人先生的馬車依舊停在原地，他似乎仍在和老闆聊天。
那位商人先生要去冰劍蘭國嗎？
不知道蓋比特先生一家過得如何呢？
……咦，那些魔偶在做什麼？
只見三到四隻看起來比我稍微小一點的魔偶，靜悄悄地來到馬車後方。
他們的造型太奇特了，例如明明身體是隻公雞，雙翼卻換成兩隻人偶的手；明明是隻蜜蜂，尾巴的針卻是個拳頭。
魔偶們齊心協力，一個疊一個，最後蜜蜂發射出拳頭抓緊木架，挽住一隻頭部是彈簧的青蛙攀進馬車。
難道他們是商人先生的魔偶？
可是，他們想要回到車裡的話，直接告知主人不是比較快捷方便嗎？
沒多久，只見一捲捲羊毛紗線被拋出來，一輛玩具火車衝來接住，車頂上的大嘴巴把看來是商人先生的貨物吞進密封的車廂裡——
我明白了！
魔偶們在偷商人先生的貨物！

「你們不可以這樣做！」

商人先生曾經幫助過卡拉和我，絕對不能眼睜睜看著他的貨物被偷走！

奇特的魔偶們嚇了一跳，連贓物也接不穩，彩色繽紛的線軸就這樣滾落地面、沾滿沙塵。

「妳有意見嗎？」

公雞揚起嗓子詢問，還展示了充滿肌肉的手臂，火車則完全不理會我的勸告，繼續吞下拋來的紗線。

「你們再不停手的話，我就要告訴商人先生了。」

咦，有什麼東西拉住了我的背包？

我正想邁步離開，低頭一看，發現火車不知何時伸出一個倒鉤，勾住了背包的肩帶。

「妳還真是多管閒事——」

話音未落，原本怒氣沖沖靠過來的公雞忽然不說話了。

他盯著空無一物的大街，立刻宛如拍打翅膀般揮舞著雙臂，不停原地自轉和啼叫，看起來好像很慌亂、很害怕。

蜜蜂和青蛙彷彿收到什麼暗號，慌忙從馬車跳下來。

同伴齊集，火車二話不說立刻開動——

「啊——火車先生，請等等……」

他的鉤子仍然緊緊圈住我的背包帶！

但他們似乎沒有聽見，毫無讓我離開的念頭，自顧自狂奔得像在逃亡一樣。

該丟下背包擺脫他們嗎？

不行，背包裡有老爺爺的信件！

沒辦法了，我只能跟他們一起跑，希望他們轉幾個彎便會停下，畢竟我不能丟下卡拉走太遠。

．

我再度確認卡拉藏匿的小巷位置，沒想到回頭便看到一隻精神奕奕的大黃狗，拖著一名體態神情跟牠南轅北轍的警員伯伯走在街道上。

大黃狗嗅了嗅地上的紗線軸，似乎察覺了什麼，眼望前方、雙耳直豎。

接著，牠全力往這邊衝來！

「糟了糟了！今天警長的巡邏時間提早了！」

「他的狗跑來了！」

「快逃啊！快逃啊！」

「好不容易搶到了手臂，被咬丟就前功盡棄了！」

難道大黃狗就是嚇得魔偶們落荒而逃的元凶？

魔偶們使勁狂奔。明明我不是他們的夥伴，為什麼會演變成和他們展開大逃亡呢？

唯一值得慶幸的是大黃狗沒有發現卡拉，真是太好了。

我們在蛋白城的街道上東奔西跑，不知跑了多久，魔偶們終於停下來。

「怎樣？有沒有追來？」

「看不見……好像擺脫牠了……」

公雞和火車躲在轉角，探出頭來回窺探。再三確定看不見大黃狗的蹤影後，魔偶們便彷彿耗盡了所有力氣，軟軟癱坐在地上，靠攏成一團。

總算逃過一劫，是時候回去找卡拉了，不然他會很擔心──

「哇哇哇呀──」

怎、怎麼了？

我輕輕拉了一下背包，沒想到火車嚇得尖叫起來，公雞被火車嚇得跳起，蜜蜂的拳頭還失控彈出，把青蛙打飛。

「為什麼她還在這裡？」

「天知道！」

「喂，妳怎麼跟來了？」

魔偶們好像現在才發現我的存在，討論了良久也記不起原因。公雞又再度展示他充滿肌肉的手臂，他似乎誤會了，不是我追著他們跑，而是他們不讓我離開才對。

「火車先生，你勾住我的背包了，可以放開鉤子嗎？」

我拉拉背包，展示給他們看。

「誰管妳啊？是妳拉住我的背包不放才對吧！」

孰料火車不但不打算鬆開，還鎖緊了倒鉤，想把背包拋高送進大嘴巴裡。

怎麼可以這樣？

「真煩！」

公雞有點不耐煩似的，不再展示手臂了，而是直接走過來——他要做什麼？

他竟然把我抬起來，將我連同背包一起塞進火車的嘴巴！

「你們放開我好嗎？」

公雞的力氣好大，火車的大嘴巴又不停地動來動去，任我再怎麼掙扎反抗，最終還是噗咚一聲，掉進滿是雜物的車廂裡。

「求求你們，放我出去——」

我嘗試掰開頭頂的嘴巴，不行。

我嘗試撞開周遭所有牆壁，不行。

不行，沒辦法逃出去。

我被陌生的魔偶們抓住了。

「反正她是人偶，主人一定很喜歡吧？」

「說不定她捱不過『試煉』，等到那時候——」

隔著鐵壁，他們說的話含糊地傳來。一陣聽起來令我非常不安的笑聲過後，突然轟隆一聲，車廂大幅晃動了一下。

火車發動了。

他們打算怎麼做？

他們要帶我去哪裡？

卡拉現在怎樣了呢？

是仍然在睡覺，還是已經發現我不見了呢？

我困在密不透風的車廂內，忽強忽弱的顛簸震動不斷傳來。

火車要開往哪裡？

卡拉，我會不會永遠困在這裡，沒辦法和你一起旅行，沒辦法把老爺爺的信交到迪雅小姐手上了？

轟隆——

巨響倏地傳出，我再次和雜物撞成一團。

發生什麼事了嗎？

車廂停止搖晃，火車好像停了下來。

「放我出去——啊！」

我再次拍打車廂，驀然久違的光芒射進眼睛。

想不到原本堅固得宛如銅牆鐵壁的車廂，這次一拍竟然立刻打開了！

咚、咚、咚……

我不由自主地跟隨雜物一起滾落地上，天旋地轉。

這裡是哪裡？

不對，我現在應該趕快離開這哩，和卡拉會合才對！

我推開壓在身上的雜物，卻不知道哪裡才是出口。沒辦法，先往最近的那扇粉紅色門走吧。

孰料才踏出一步，背後突然有股拉力把我扯回去——是蜜蜂的拳頭！

「我不認識你們，可以放開我嗎？」

「快把她綁起來！」

「繩子呢？繩子在哪裡？」

「找不到！用紗線也可以吧？」

他們用力把我按到地上，還用線軸在我身上繞圈。為什麼他們一定要把我留下來呢？我完全不明白，只覺得他們的行為令我很不安。

「我要離開了，我要回去找卡拉——」

嗯？

就在他們七手八腳地把我綁起來之際，有腳步聲從粉紅色門的後方傳來。

「吵死了！表演還在進行啊！」

門被用力推開，一個打扮成士兵模樣的胡桃鉗娃娃跳進來，雖然看起來怒氣沖沖，卻盡力壓低音量說話。

「你們想惹莫斯溫生氣嗎！是不是？嗯？」

他舉起腰間的劍，逐一指向他們質問。

魔偶們默不作聲地低頭，最後劍尖落在我的鼻子上。

胡桃鉗娃娃士兵嚇了一跳，劍也脫手了，叮叮咚咚掉到不遠處。

「這麼可愛的女魔偶是誰？」

「我們合力把她抓回來，打算送給主人。」

公雞回答了胡桃鉗娃娃士兵的問題。原來他們想將我送給別人？

「不可以！我的主人只有老爺爺——唔唔！」

我話還沒說完，嘴巴就被公雞摀住，然後繼續將我綁起來。

不行，他們不是老爺爺，怎麼可以擅自決定我的新主人是誰？

況且，我也不願意讓老爺爺以外的人當主人，沒有什麼比老爺爺和卡拉更重要了！

「你們！表演快結束了，快去正門準備歡送客人！」

此時胡桃鉗娃娃士兵喝止了他們，公雞和蜜蜂面面相覷。

「咦？可是——」

「這是命令！」

「少來了，你想搶走我們的功勞吧？」

「你們是不是打算違抗人型魔偶的命令？」

胡桃鉗娃娃士兵說完後，公雞和火車便不再說話，沒過多久，蜜蜂也放開了線軸。

「嘖，只是像人類的夾子而已，囂張個什麼勁……」

「看著吧，我下次一定會搶到人頭的零件！」

他們嘀嘀咕咕地離開了。

看起來，胡桃鉗娃娃士兵的階級不知為何好像比公雞他們高一點，但魔偶都是「魔法衍生的工具」，照理說沒有分級才對啊？

「士兵先生，謝謝你。」

這裡真是個奇怪的地方，還是趕快回去找卡拉比較好。

「請問出口在哪裡呢？」

「誰說妳可以離開？」

我正忙著替自己鬆綁，胡桃鉗娃娃士兵卻冷不防這樣回答。我納悶地抬頭一看，發現他就像剛才的蜜蜂一樣抓起了線軸。

「妳做得很精細呢，莫斯溫看到一定會很高興！」

他明明幫助我擺脫公雞他們的糾纏，卻不是好人嗎？

「喂，胡桃鉗娃娃，我們快要謝幕了！」

此時又有一抹身影從門後走進來，是個跟我差不多體型的魔偶娃娃。

「來得正好啊！白雪，來幫個忙！」

胡桃鉗娃娃士兵喚出對方的名字。

白雪？

仔細一看，她擁有一頭跟丹尼一樣的金色長髮和藍色眼珠，同樣是球體關節人偶，身高也差不多是五個蘋果高。

「請問，妳就是住在縞月城、蓋比特先生製作的白雪嗎！」

她真的是丹尼朝思暮想的白雪嗎？在這裡遇到知道的魔偶真是太好了！

可是為什麼她會在距離縞月城相當遙遠的蛋白石城呢？

難道她和我一樣，被公雞他們拐來了？

白雪沒有承認也沒有否認，只站在原地呆呆盯著我看……啊，也對，白雪沒有見過我，而且說不定蓋比特先生沒有告訴過她關於老爺爺的事。

「白雪，難道妳認識她──」

話音未落，胡桃鉗娃娃士兵倏地倒在地上，一動不動。

我再也感應不到他的任何想法，他變得與一個普通的胡桃鉗娃娃無異。他的魔力用光了。

與此同時，粉紅門後傳來了熱烈的掌聲，白雪總算回過神來，跑來和我一起解開紗線。

「白雪，雖然有點唐突，不過請相信我真的認識丹尼。還有……」

然而紗線一解開，她立刻揪住我的衣領，拿走我的遮陽帽。

「不想死就照我的話去做。」

咦？什麼？

她拉著我來到房間的某個角落，這裡放置了一件棕熊造型的布偶裝。

「可是我們是魔偶，不會死……」

她似乎沒有聽到我的話，飛快地替我穿上布偶裝。

「隨便怎樣都好，總之給我躲進去，別亂動！」

可是，我還要回去找卡拉——

嗚，好重！

她將一個熊頭套往我頭上罩下來，然後跑回粉紅門內。

把門甩上之前，她狠狠瞪了我一眼，像是警告我一定要聽她的指示。

我就這樣挨著木架，環視這個奇怪的地方一遍又一遍。

要形容的話，這裡就像一個雜亂無章的玩具倉庫。

燈光灰暗、霉點滿布，四周都是延伸至天花板的木架和巨大櫥櫃，地板上也隨意擺放著各式各樣的玩具、瑣碎的零件和童話故事書，還有音樂和歌聲，不知從何處隱隱約約地傳來。

沒多久，熱烈的掌聲再度響起，還有一些歡笑聲從門後愈飄愈近——

「又是一場精彩不已的表演啊！」

率先走進來的是一個身高近乎五歲小女孩的魔偶，她的打扮華麗得像是公主，一邊轉圈一邊興高采烈地叫嚷。

「表演成功，全都是莫斯溫的功勞。」

「主人的表演最完美了！」

「莫斯溫玩偶劇場萬歲——」

隨後進來的還有許多穿著不同服飾的人型魔偶，他們的舞台劇好像演出相當成功，臉上掛著滿足的笑容，剛剛仍然冷清不已的倉庫一下子熱鬧起來。

他們稱呼那個大型魔偶為「莫斯溫」，有些則稱呼她為「主人」……

魔偶的主人是魔偶？好像有哪裡說不通。

啊，白雪回來了。

背著莫斯溫小姐，白雪的笑容馬上消失了，她解開了繁重的頭飾，靠著我屈膝而坐。

「不要看著我，就保持這種姿勢說話吧。」

她故意壓低音量和我說話，頭也沒有轉過來，模樣看起來像是在自言自語一樣。

該從哪裡開始說起呢？

首先我應該說明自己為什麼在這裡，還是詢問她為什麼在這裡比較好？

「噢——你們看看，誰躺在路中央呢？」

就在我猶疑不決的時候，莫斯溫小姐踩到了躺在地上的胡桃鉗娃娃士兵。

「是胡桃鉗娃娃！」

「他要上發條了嗎？」

「天啊……是魔力用光了。」

「難怪他剛才沒參與謝幕！」

魔力雖然用完了，可是如果莫斯溫小姐是魔偶師，替他充填回去就好，為什麼大夥兒這麼慌張呢？

這對魔偶而言，應該是很平常的事才對啊？

「待會看到什麼都不要有任何反應。」

白雪似乎也很不安，原本倚著棕熊布偶裝的身子又再靠攏了一點。

「白雪，為什麼只是填充魔力而已，大家卻好像很害怕？」

我實在想不通，於是壓低音量詢問，孰料白雪的回答，立刻使我陷入相同的恐慌中——

「因為胡桃鉗娃娃不是莫斯溫喚醒的魔偶！」

「胡桃鉗娃娃是個好演員，劇場不會忘記你的貢獻。」

莫斯溫小姐痛哭起來，她的語氣和動作總是很誇張，表情卻沒有變化，永遠都是一抹淺淺的微笑，這樣的反差很詭異。

「那現在就看看你自身有多少價值吧。」

她念出咒語，一個紫色的魔法陣浮現在天花板上，此時胡桃鉗娃娃士兵被拋到半空，魔法陣便滲出了紫色光芒，一絲一縷灌進他體內。

如果莫斯溫小姐是首位賦予胡桃鉗娃娃士兵魔法的魔偶師，這就是魔力充填的過程了。

可惜她不是。

一個結構完全不同的橘色魔法陣從胡桃鉗娃娃士兵體內綻放出來，一紫一橘的陣式互相抗衡，倉庫內掀起了一股旋風，稍微輕盈一點的魔偶或零件被吹得撞上牆壁。

砰——

兩個魔法陣彼此相撞，卻始終沒辦法攻陷對方，胡桃鉗娃娃士兵就這樣在半空中支離破碎。

魔法陣消失，倉庫恢復平靜。

好可怕。

我沒辦法分辨究竟是我在發抖，還是白雪在發抖，或是整個倉庫都在震動呢？

「完全沒有參考價值的垃圾。」

莫斯溫小姐一腳踹開了直到剛才為止仍然是胡桃鉗娃娃士兵的木屑。

他尚算完整的頭部滾到了角落，然後被一隻沒有頭、看起來是老鼠造型的娃娃戴上。

老鼠的夥伴表現得相當欣喜，趕快找來了幾根釘子穩固新頭顱。

不知為何，我聯想到公雞他們。

難道那些和他們不相稱的零件，就是這樣得來的嗎？

「好了，魔偶們可別偷懶，快去準備吧，我們等一下還有午夜劇場啊！」

莫斯溫小姐說完，便推開一道黑色的門溜進去了。

彷彿沒發生過任何可怕的事，魔偶們似乎習以為常，回到固定的角落練習，或是拾起針線替自己縫補。

每個魔偶都刻有一個魔法陣，而魔法陣只會接受第一位把魔力灌進去的魔偶師，因此也只可以由該名魔偶師填充魔力。

既然莫斯溫小姐是魔偶師，她一定知道在別人的魔偶上施法，兩種不同出處的魔力會互相抗衡。

為什麼她仍然要這樣做？

「現在明白為什麼我要把妳藏起來了嗎？」

「白雪，對不起，我還是不太明白……」

破壞魔偶的事、被拐來的事、遇見白雪的事，還有如何離開這裡、如何找回卡拉……諸如此類的問題瞬間連珠炮發，我卻完全無法找出答案。

白雪忽然這樣問，我需要理解的東西又增加了一項。

不過，我猜這個問題可以請白雪為我解答吧？

「在這裡，所有被拐來的魔偶都會經歷這種『試煉』，莫斯溫一直用這種可怕的入侵方式窺探我們體內的魔法陣。不過只要乖乖順著她的意思，她還是會等到我們魔力耗盡、沒有利用價值的時候才來入侵。」

白雪好像有點抓狂，可是仍努力壓低聲線說話。

「如果魔偶不願意加入劇團，就會馬上遭受『試煉』，體內仍有魔力的下場會比剛才更慘烈。萬一妳就是那類不知好歹的傢伙，說錯話讓莫斯溫不滿意，像胡桃鉗娃娃那樣爆開了，我要怎麼問妳丹尼的事啊？」

原來是這樣啊……

所以白雪為了逃過這種可怕的事，被迫留在劇場陪莫斯溫演出嗎？

可是，有些地方我仍然不明白。

「白雪，為什麼莫斯溫小姐要窺探我們體內的魔法陣？」

「她在找『完美的魔偶陣式』——一個運作可媲美人類的魔偶陣式。」

「為什麼她要找到『完美的魔偶陣式』？」

「我怎麼可能知道啊？」

白雪低罵了一聲，她似乎和丹尼一樣，很容易動氣。

可媲美人類的魔偶術式嗎……

「丹尼……」

白雪忽然喃喃地提及這個名字。

「妳就是丹尼的新魔偶嗎？怎麼會和我一樣被拐來這裡？」

不對，她誤會了！

「白雪，妳誤會了，我來自風車葉國，名叫蒲公英。雖然的確是被拐來的，不過我並不是蓋比特先生的魔偶……」

我連忙解釋，她卻沒有因此釋懷。

「那麼丹尼現在一定和主人新造的魔偶玩得很高興吧？」

為什麼她會這麼猜？才沒有這回事呢！

「白雪，雖然丹尼曾經要求，可是蓋比特先生沒有製作新魔偶啊。」

還沒遇見白雪前，我一直在想要是她知道這件事的話，一定會很高興。

「呵呵呵，那我要替他失落還是笑他活該呢？」

她笑了，可是我不認為她很開心，甚至有種相反的感覺。

「白雪，丹尼很想念妳——」

話音未落，我聽見白雪嗤之以鼻

我明明為丹尼澄清了，為什麼白雪仍然悶悶不樂？

叮——噹——

掛在牆上的吊鐘悠悠響起，分散在角落的魔偶們陸續收拾東西，走進了粉紅門。

他們要準備午夜劇場了嗎？

「好了，接下來妳自己想辦法逃出去吧。」

白雪好像不願多說了，重新戴上頭飾。

「白雪，妳打算留在這裡嗎？可是丹尼……」

沒等我說完，她便已經站了起來。

「是他叫我不要回去的啊，反正任何魔偶都可以代替我，不是嗎？」

我有印象，丹尼的確曾這樣指責她。

「總之就這——」

——樣吧，待在這裡等到魔力耗盡的時候，被那傢伙肢解算了。

我能感應到她的心聲。

可是她沒有把整句話說出來。

還沒意會到怎麼回事，白雪便在距離我三步的地方，僵硬地倒在地上，周遭的魔偶馬上湊近察看。

「白雪忽然倒下來了！」

「是不是魔力用盡了？」

「該不會立刻輪到白雪吧！」

別胡說，我只是要上發條而已！

白雪慌忙解釋，看來她不如剛才表現得那麼豁達，同樣很害怕「試煉」。

「噢，這次是可愛的白雪倒下來了？」

莫斯溫小姐出現了，魔偶群立刻散開——糟了，萬一她要展開「試煉」的話怎麼辦？

「快出場了才要上發條，真麻煩啊。」

她抓起白雪細看一會，然後隨手將她拋走。呼……這算是逃過一劫嗎？

從這個角度沒辦法看到白雪被拋到哪裡，不過她久久沒有著地，我想大概是掛在個某個木架上了。

「算了，你來代替白雪出場吧！大家快去後台準備，沒時間了！」

她隨意分配了一下工作，便匆匆忙忙跑進粉紅門。

魔偶們也不再理會白雪，待最後一個魔偶走進後台並關上門後，倉庫立刻陷入一片死寂。

現在脫下熊套裝，我想應該沒關係吧？

我把熊頭套放好，悄悄走到倉庫中央抬頭張望，總算在接近天花板的位置，看到了白雪那頂複雜頭飾的一小角。

雖然她要我獨自逃跑就好，但我還是希望她能夠和丹尼重聚，親耳聽他道歉。

我爬上木架。層板的距離不高，我必須半彎著腰行走，而且還得小心翼翼避開腳下的雜物，要是撞掉了什麼，說不定隨時會被莫斯溫小姐發現。

嗚……如果我是卡拉就好了，在魔偶店工作的時候，總是看見他連躍幾下便躲到櫃頂偷懶，讓老爺爺又氣又拿他沒轍。這種木架對貓而言根本毫無難度，不用像我現在這樣慢條斯理地攀上去。

不知花了多少時間，我終於爬到白雪所在的那層了。只見她橫伏在架上，四肢亂甩，看起來有點慘不忍睹。

我拉著她坐好，雖然我們的體形差不多，但沒想到原來白雪滿重的……

「白雪，我們一起離開這裡吧。」

——完了完了！這次鐵定被賣了！

「不用害怕，只要上好發條，妳就會恢復過來啊。」

——發條鑰匙還在縞月城啦！不可能恢復過來了，我死定了！

無論我怎樣安慰和勸說，白雪的想法仍然驚恐不安。情況到底是其實沒她說的那麼糟，還是我把事情想像得太簡單了？

啊，還是先替白雪上發條比較好，不然即使說服了她，劇場表演完畢也沒機會逃了。

我環顧四周，木架上那麼多零件，說不定會找到合適的發條鑰匙——對了，白雪原本的發條鑰匙，會不會就是丹尼項鍊掛著的那一條？

要是這樣，四角形的鑰匙豈不是很難找嗎？

這裡盡是凌亂不堪的玩具，無從入手的感覺驀然湧上我的心頭。

咦，胡桃鉗娃娃士兵的手部殘骸原來掛在那裡嗎？

靈光一閃，我爬到那邊的木架，將它拾起細看。

大小和形狀都很吻合，說不定可以！

我趕緊回到白雪身邊，拔掉了斷口上參差不齊的木屑，接著——

「白雪，抱歉了。」

卡拉說過，我們這種少女形態的魔偶不能隨便脫掉衣服，可是現在別無他法了。

喀——

太好了，殘肢真的能充當白雪的鑰匙！

首先是逆時針轉一圈，然後才能順時針上發條。

喀、喀、喀——

「妳怎麼知道……」

發條上好了，白雪立刻穿回衣服，緊張兮兮地追問：

「妳怎麼知道我發條的形狀和方法？」

如果說是丹尼告訴卡拉和我的好像不太對……我決定把鑰匙險些掉進冰湖的事告訴白雪。

她聽著聽著，似乎有點想笑，又似乎有點想哭，表情相當複雜，我感到她身上的氛圍變化

「不對！不對！不對！」

沒多久，她又拚命搖頭，彷彿在極力否定什麼。

「那天我在原地等了一整晚也不見人，才氣得隨便找部馬車跳上去……他怎麼可能想念我啊？」

我不明白，為什麼白雪只牢記著吵架時的一切，一口咬定自己在丹尼心中毫不重要呢？她之所以保護我，就是為了知道丹尼的近況，她應該很想念丹尼吧？

可是，為什麼當我告訴她「丹尼同樣也很想念白雪」後，她卻依然不快樂呢？

我明明把事實說出來了，為什麼白雪仍然不願相信？

這種情況，總覺得有點類似丹尼鬧脾氣逞強的時候。

「我以為他會來找我，我以為他氣消了以後，他一定會帶我回家……可是他沒有，白茫茫的街道上滿布足跡，卻始終沒有一雙是屬於他的腳印。」

忽然，白雪的語氣變得哽咽起來，她瑟縮成一團。

「整座城市只剩下我一個，這種被遺棄的絕望，妳一定不會懂吧？」

我不自覺坐在白雪身旁，卻沒辦法說出半句安慰的話語，因為我的確從未被遺棄過。如果是迷路的話，那種無助我倒是相當明白，然而不管我每次迷失到何方，卡拉依舊找得到我。

找到我時，他總是高興得用尾巴緊緊把我圈住，然後得等到他在我的臂彎左穿右插，撒嬌夠了才一起回家。

奇怪，這是什麼感覺呢？

與卡拉待在一起時我沒有察覺到，然而現在回想起如此在乎自己的卡拉，接近胸口的位置便有種很微妙、暖洋洋的感覺在蘊釀。

我想要整理出答案，沉靜的房間外卻忽然傳來了音調澎湃的歌聲。

「白雪，妳在丹尼心中是無可取代的魔偶。」

現在並不是能讓人悠哉思考的時候，我應該要趕快回去找卡拉才對。

「無可取代？妳沒看見我被遺棄了嗎？丹尼不再需要我了！」

白雪似乎仍然不相信我。我苦思了一會，實在想不出更多的證明，可是——

「白雪，是真的，丹尼說過右腳康復後會去找妳。」

白雪倏地瞪大眼睛，抓緊我的手臂迫近。

「什麼右腳康復後？」

對了，她不知道丹尼斷腳的事。

「丹尼在找妳的那晚，被馬車撞斷了腳……」

嗯？

被馬車撞斷了腳——

在找白雪的那晚——

我明白了！

因為丹尼被馬車撞斷了腳，所以即使白雪在原地等了一整晚，也沒看見丹尼。

他沒辦法去找白雪，而不是沒去找白雪！

「妳怎麼搞的？重要的事要先說在前面啊！」

對不起，我一時沒想到……正想道歉之際，劇場的歌聲又再度幽幽傳進倉庫。

「白雪，先離開這裡再說吧？」

憶及莫斯溫小姐和那個可怕的「試煉」，我只想趕快回到卡拉身邊，沒想到白雪立刻表現得相當沮喪。

「逃出去？才不可能逃出去……」

咦……她叫我自己想辦法逃跑，原來是她也逃不出去的意思嗎？

「所有門窗都有撲克兵守住，只有由莫斯溫喚醒的魔偶才可以自由進出……」

順著她所指的方向，我看到了一疊疊倚在門口的撲克牌。

——同時看到公雞他們盯著我。

視線對上的幾秒之間，我曾經想著，他們的焦點未必是這邊，要是白雪和我保持不動，或許他們不會察覺。

然而，他們分別跑到不同方向的木架開始攀爬，於是我徹底打消了這個想法。

「難怪他們說沒看到新魔偶！」

「我就知道有人包庇她躲起來！」

「快抓住她！」

糟了！

被發現了！

「逃不出去……根本沒有退路……」

眼見我們和魔偶的距離愈來愈近，白雪抱著頭不停退後，直到靠在牆壁。

不對，一定還有方法吧？

想想看，如果卡拉在身邊，他會怎麼做呢？

等到他們爬上來時，再和白雪一起跳回地板？

不行，地上還有火車轟隆隆地把守著……

啪嚓──

奇怪的聲音倏地響起，我回過神來，白雪憑空消失了！

原本她倚著的牆壁忽然多了個大洞，還揚起厚厚的灰塵。難道白雪掉進──啊！

我攀進洞口，沒想到踩了個空，連番踉蹌幾下，最後絆倒在白雪身上。她旁邊還有一大塊滿是黑色霉點的木板，看來這原本是牆壁的一部分。

我們意外越到牆壁的另一端，不過似乎仍然身處櫃頂。

這裡是什麼地方？

我環顧四周，這間房間和破舊又凌亂不堪的倉庫截然不同，天花板高很多，裝潢和布置簡直就像童話故事裡，公主的臥室——

而且真的有公主。

密不透風的房間中央刻著一個大型魔法陣。魔法陣泛著深藍色的光芒，一個小女孩躺在其中，恬靜沉睡。

小女孩的裙襬和長髮一直無風而動。她的膚色很蒼白，髮絲、眉毛還有睫毛都沾滿了小小的冰霜。

看著她，我覺得她散發出一種奇異又獨特的感覺，好像在哪裡接觸過……

「喂，看看那邊！」

白雪遙指櫃頂的另一端，只見對面的牆壁閃爍著橘光。

夕陽的餘暉透過一扇小小的氣窗照進來了。

「妳看，那個窗附近沒有撲克牌，我們可以從那裡逃出去！」

她手舞足蹈地叫嚷，看起來興奮不已。

嗯……話雖如此……

「可是我們該怎麼過去呢？」

我們身在的櫃子並沒有延伸到那堵牆壁，周遭也沒有東西可以讓我們攀爬。

白雪拉著我跑到櫃子末端，調整了好幾次角度，卻誰也沒把握跳得過。

「沒望了……明明出口就在眼前，卻沒辦法過去……」

她宛如洩了氣的皮球，跪坐下來喃喃自語。

不能放棄。

無論遇到多大的難題，卡拉也從沒放棄過，所以我不能放棄，一定想得出辦法的！

可是，這個距離真的太遠了，而且還有一把長至天花板的木梯靠在櫃邊，勉強躍出去說不定只會撞到木梯……

嗯？撞到木梯？

「白雪，要是把木梯推過去，讓它從靠在櫃邊變成靠在氣窗，我們不就可以爬出去了？」

可行嗎？這個方法可行嗎？

白雪聽到我的建議頻頻點頭，趕過來和我一起推著木梯。

只是……實在……太重了啊！

「可惡，她們呢？」

「不見了！」

「喂——那邊有個洞！」

此時魔偶們的對話從洞口傳來——他們追來了！

「試試看助跑吧！」

我拉著白雪退後一段路再向前衝，此時甚至已看得見公雞由後方奔來。

這次一定要成功——

砰！

木梯終於搖搖欲墜，白雪緊緊擁住梯級繞到後方，向我伸出手。

我伸出手準備向前跳，一股拉力卻猛然把我揪回去。

回頭一看，蜜蜂的拳頭抓住了我的背包。

來不及了！我捉不住白雪的手。

我目送白雪順利乘著木梯抵達窗邊。明明出口近在眼前，她卻看看窗外又看看我，彷彿在考慮什麼。

不可以！

這樣的話連白雪也逃不掉！

「白雪！快去酒吧的小巷找卡拉！」

公雞將我壓在櫃面，蜜蜂收回拳頭，走到我身前瞄準了白雪。她聽見我的呼叫，卻似乎仍猶疑不決，遲遲沒有動作。

「快逃啊！連妳也逃不掉就沒希望了！」

我聲嘶力竭地大叫，蜜蜂同時「噗」一聲發射出拳頭——

幸好落空了。

千鈞一髮之際，白雪打開氣窗跳了出去。

呼……這樣就好。

看著空蕩蕩的窗戶，我忽然覺得接下來即使要面對什麼「試煉」也無所謂了。

呱呱，要追嗎？

——青蛙趕到公雞身邊跳來跳去，好像只要一聲令下，他便會全力出擊。

「算了，白雪不是已經通過『試煉』了嗎？」

公雞搖搖頭。我雖然相當高興他的決定，可是為什麼白雪受過「試煉」便不用被追捕？兩件事情之間有什麼關聯嗎？

「通過『試煉』還是沒爆掉，這種娃娃主人大概只會賣掉而已，對我們沒用處。」

用處？

我驀然想起了那隻戴上胡桃鉗娃娃士兵的頭顱、歡天喜地的老鼠。

「也是呢。要是這隻捱不過『試煉』，先說好，我想要眼睛好久了！」

蜜蜂收回了拳頭，十分期待地看著我……

正確來說是我的眼睛。

「真想趕快集齊人偶的零件，我也想變成人偶，和主人一起在舞台跳舞！」

他們拉著我回到倉庫，把我從高高的木架推下去。

我撞上火車的大嘴巴，再一次被吞進車廂，右手臂卻比我慢了半分鐘，由火車的倒鉤拋進來。

天黑之前，卡拉都會躲在小巷休息吧？

雖然相處時間很短暫，但感覺白雪比我機靈，她一定會順利找到卡拉的。

我擁著斷落的右手和背包，蜷縮在漆黑又狹窄的車廂，靜靜地等待著。

不用害怕。

沒過多久，卡拉一定會威風凜凜地登場，然後救我出去的，所以不用害怕。

黑暗中，我回想起很多事。

我想起了艾寶城遍地黃黃橘橘的楓葉，也想起了在玩偶店時的平淡日子。

玩偶店的生意向來不是很好，大多數時間我都坐在店裡，看著櫥窗外路過的婦人、嬉笑怒罵跑過的小孩們，還有偶而飄下的楓葉。

滴答滴答、徐徐搖晃的古老大鐘鐘擺，配上大剌剌躺在貨架上午睡的卡拉，玩偶店的一切都顯得有些慵懶。

在我想著「店舖這麼冷清，這個月的收入真的沒問題嗎？」的時候，有點鏽跡的門鈴叮鈴、叮鈴地響起來。

終於有客人光臨了——

轟隆……

倏地車廂晃動了一下，玩偶店的影像頃刻煙消雲散。

看來舞台劇已經結束，魔偶們陸續回到倉庫了。

外面閒聊的雜聲愈來愈多，胸口好像被什麼壓住一樣，我忽然希望這刻就是人類所描述的、睜開眼睛就會消失不見的夢境。

不要害怕、不要害怕。

卡拉一定會出現的。

「你說你們抓到新魔偶？」

「對啊主人，是個比白雪還要漂亮的魔偶！」

「呵呵……那我還真想見識見識呢。」

我聽見莫斯溫小姐和公雞的對話。

接著，火車車廂打開了，即使我萬般不願，還是被他拋落到地面。

一雙鑲滿寶石的鞋子映進眼簾。

雖然已經是第二次見面，但我對莫斯溫小姐的印象仍然很陌生。

——啊！

我還想繼續仰望，卻已被她握著腰部揪了起來。

「試煉」……要來了嗎？

接下來會是頭爆開，還是腳飛脫？

魔法陣遭入侵的時候，我會不會感到難受？

要是我變得肢離破碎的話，背包會不會被搶走？

倘若背包和我被公雞他們瓜分的話，老爺爺的信該怎麼辦——

可是沒有。

預想中的魔法陣沒有展現，莫斯溫小姐只是將我舉起細看，那張經歷過多次修補的手繪容顏，看起來有點濃妝豔抹。

「的確是很漂亮的魔偶啊。」

她小心翼翼地檢查著，掐住我的頸子，不停扭動我的頭部。

「不過不怎麼有禮貌。」

沒禮貌？是指我沒有和她打招呼嗎？

「……莫斯溫小姐，晚安。」

可是，明明我是被抓來的俘虜，說不定等一下就被她視為垃圾，在此刻對她打招呼會不會有點奇怪？

只見她吃吃笑了數聲，用拇指不停揉拭我的臉頰。雖然這個舉動似乎沒有惡意，但我不喜歡她這麼做，可惜我連後仰避開也辦不到。

「可憐的孩子，妳的右手怎麼斷了？」

她搶走我的斷臂，在空蕩蕩的肩膀處不停鑲鑲嵌嵌，彷彿在研究如何維修，又像是純粹在把玩。

「我的右手在逃跑時摔斷了。」

我實在不喜歡她這樣玩弄我。

「莫斯溫小姐，可以放開我嗎？」

孰料她不但沒有放開，還把拳頭收緊了。

「漂亮的娃兒，妳要不要加入莫斯溫劇團呢？我會替妳弄回手臂哦。」

這種事，我連考慮都不想。

「莫斯溫小姐，謝謝妳的邀請，不過我還要替老爺爺送信，所以不加入了。」

「主人，快點給她『試煉』吧！」

「她協助白雪逃跑了！」

「還破壞了牆壁，幸好我們及時抓住她！」

公雞他們不停數落我的罪狀，同時指著木架上的那個破洞。我現在才發現，那堵牆原來連接著黑色的門。

莫斯溫小姐望向牆壁，靜默了一會兒。

「你們闖入了奧蘿兒的房間……」

紫色的魔法陣在半空霍地展開。

「你們竟敢打擾奧蘿兒睡覺──」

她十分憤怒地咆哮，倉庫颳起了比之前「試煉」時更猛烈的旋風。

一個個紫色的小光球，從公雞、火車、蜜蜂、青蛙……還有其他屬於莫斯溫小姐的魔偶們體內浮現，順著狂風奔向魔法陣。

他們一下子全倒在地上，不再說話、沒有動作、沒有想法。

莫斯溫小姐收回了魔力，他們變回了一批普通不已的玩偶。

「真是不知好歹的娃兒！」

魔法陣沒有停止，我連反抗的時間都沒有，就這樣被拋到空中。

胸口好難受……

有什麼要從胸口入侵——

又有什麼要從背部竄出——

有些不屬於我身體的東西跑進來了——

有些屬於我的部分被迫離開身體——

有東西正在將我吞噬，然後又吞噬了那些東西——

好可怕。

我像是身處暴風雪中，不由自主地被推撞翻滾，然而現在我不知道可以抓緊什麼，只能忍耐、忍耐、忍耐……

我倏地被某股力量猛力推壓，彷彿沉沒到水深處。

在金黃色的光波浮影下，我看見一個身穿蕾絲裙、褐色捲髮、失去右臂的娃娃，背向我載浮載沉。

——我看見了我自己。

「怎麼可能……怎麼可能……」

那一剎的寧靜過後，我聽見莫斯溫小姐充滿訝異的叫聲。

消失了。

所有不可思議的影像頃刻消失，我回到自己的身體中，卻彷彿被掏空了所有力氣。

此刻的我只想像卡拉一樣，躺下來、閉上眼睛休息。

這就是老爺爺和卡拉所說的「疲累」嗎？

咦，莫斯溫小姐打算幹嘛……不要——

我無力反抗，只能落回她手裡。

「呵呵呵，我認得妳了。」

認得什麼——嗚……

她摟著我轉了數圈，語氣和動作似乎非常開心，但繪製的臉龐仍然只是掛著一抹淺淺的微笑。

「妳就是萊恩．貝爾默的娃娃！」

莫斯溫小姐怎麼知道老爺爺的名字？

難道她認識老爺爺嗎？

「呵呵呵……沒想到他早我一步辦到了！」

她打開黑色的那扇門，拉著我跑進房間——這個剛才她非常憤怒魔偶們擅自闖入、屬於睡美人的臥室。

砰噗！

門關上了，莫斯溫小姐忽然摔了一跤，倒在地上一動不動……

不對。

我用盡力氣爬出她的懷抱，才發現她不是跌倒，而是失去魔力倒在地上。

如線般纖細的紫色煙絲從莫斯溫小姐的所有關節飄散，接著鮮紅色的血水緩緩滲出，在地板擴散。

——懸線術。

用自己的血做連結，使魔偶成為自己的替身，能在既定範圍直接操縱其魔偶，並窺視他身處的環境。

這具木偶不是莫斯溫小姐的真身。

那麼，本人在哪裡？

咚咚咚……

有腳步聲從天花板傳來，由倉庫的位置一直急急來到這個房間的上方。
啪答！
天花板靠近氣窗的角落被掀開，一隻人類的手伸出來，把木梯撥回去飾物櫃旁。
從天花板上爬下了一個老婆婆。
她的衣著打扮跟躺在地上的木偶幾乎一樣，只是瘦骨嶙峋，黑髮也褪色成滿滿的白髮。
「奧蘿兒……我心愛的妹妹……」
真正的莫斯溫小姐——應該說是莫斯溫婆婆，趴在小女孩面前念著她的名字，但她依然安躺在魔法陣之中，彷彿任何事情都沒辦法打擾她的酣睡。
我恍然明白了。
為什麼首次看見奧蘿兒小姐時，我會有種熟悉的感覺。
永遠無法中斷的酣睡。
就如同老爺爺一樣。
「我找到了，終於找到了！」
猝不及防的，莫斯溫婆婆將我一把抓起，褪去我所有外衣。
她發現了刻在我背上的魔法陣。
「看到了嗎？等了那麼多年，睡美人的魔咒終於可以解開了！」

她將我遞到奧蘿兒小姐面前，一臉高興地說著我難以理解的話語。

睡美人的魔咒？

「所有魔偶師知道我背負的重任後便不再和我交流。呵呵呵……妳知道嗎？當年妳的主人也是其中一人哦。」

她毅然將我拉近自己的臉龐，搔弄著我的頭髮。

「不過我沒有放棄，終有一天我一定能找出一個不用藉外力分散運作、不會有能力缺失，而且有自主思想的魔偶陣式，可是不知道哪裡出錯，這些年從來沒有一次研究成功，一次也沒有！」

白雪曾經提及，莫斯溫婆婆在找一個完美的魔偶陣式。

因為沒有魔偶師願意和她合作，所以她想出了這種可怕的方法，來參考別人的魔法陣嗎？

這樣的話，公雞他們算是莫斯溫婆婆的失敗品嗎——一批渴望擁有人偶身體的魔偶。

老爺爺為什麼會拒絕和莫斯溫婆婆合作？

完美的魔偶陣式和解開睡美人的魔咒有什麼關聯？

「沒想到有人比我早一步辦到了！」

她揪著我站起來，如同使用替身時原地轉了一圈，興奮地叫嚷。

「萊恩是個很有夢想和幹勁的小夥子，我當年早有預感他會成功。他人呢？現在在哪裡？」

老爺爺病逝了。

但我不想告訴莫斯溫婆婆，雖然沒有證據，可是我不認為她真的在關心老爺爺。

「呵呵呵，也對呢……不知不覺我們也來到這種年紀了。」

我和她對視良久，不知怎地她好像非常肯定自己猜中了什麼，呵呵地笑著。

「不過他的研究成果不會白費，能趕在有生之年解開睡美人的魔咒實在太好了！」

說罷，她的手在我面前捏了一下，三只寶石戒指閃出紫色光芒。

「我的睡美人，請原諒我的怠慢，我現在就來喚醒妳——」

被入侵的噁心感再次來襲。

然而這次我沒有力氣抵抗了……

我就這樣被她的魔力輕易逼出身體，逐漸靠近那位沉睡的女孩。

我驀然理解到，這世上根本沒有睡美人的魔咒。

莫斯溫婆婆打算將我的魔偶陣式複製到奧蘿兒小姐身上——

她要將妹妹的遺體變成魔偶。

身處的金黃色光暈逐漸渲染成紫色。

屬於老爺爺的魔力正在消失。

也就是說，我正在消失——

「啊————————」

一聲淒厲的痛呼毫無預兆響起，兩個魔法陣立刻切斷了聯繫。

嗚……

莫斯溫婆婆不知為何鬆開手，我感到視野由半空跌落地面，迷糊間我只看到莫斯溫婆婆那雙鑲滿寶石的鞋子。

怎麼了……

怎麼了嗎……

「誰准妳欺負蒲公英喵！」

是卡拉，我聽見卡拉的聲音。

卡拉來救我了！

「煩死了——哪來的黑貓？」

莫斯溫婆婆不停尖叫，接著又是幾聲卡拉的怒吼。

蒲公英，快點集中精神。

我要看清楚現在是什麼狀況，卻赫然發現黑色的門縫中閃進了十多張泛著紫色光芒的撲克牌，飛往上方。

糟了，白雪曾經告訴我，撲克兵很危險——

果不其然，我馬上聽到卡拉的怒吼。
不要……不要傷害卡拉！
我還來不及爬起，便目睹卡拉從莫斯溫婆婆身上摔下來，撲克兵瘋狂地繞著他橫衝直撞。
我完全沒辦法幫助卡拉脫險，只能看著他無力還擊，烏黑的身體遭撲克牌劃出一條條血痕。
不要！
撲克牌們，求你們不要傷害卡拉……
「畜生！」
那雙鑲滿寶石的鞋子直直踹向卡拉圓滾滾的肚子。
「……求求妳……」
妳聽得見嗎？
我把魔力都給妳好了，求求妳不要再傷害卡拉……
卡拉撞飛到牆上，連頸飾都斷開了。
他背向我，一動不動地躺在地上，傷口滲著鮮血。
「卡拉……」
卡拉，你還好嗎？
你可以像往日一樣，用力地甩甩尾巴回應我嗎？

卡拉，不要睡，不要睡。

我沒力氣爬到你旁邊、沒力氣搖醒你陪我一起顧店，所以不要像老爺爺那樣一睡不起，可以嗎？

卡拉——

倏地，異樣發生了。

卡拉的身體漸漸拉長變大，長出了與人類極為相似的四肢和身軀，頭部的黑色貓毛長得像頭髮一樣。

轉眼間，原本黑貓躺著的位置出現了一位男孩。

「……喵嗚？」

他坐了起來，看看和仍然與貓爪無異的手掌，又晃晃長在頭頂的貓耳。

那雙金黃色的貓眼……這個男孩，不就是卡拉嗎？

「完成了——」

此時，我聽到莫斯溫婆婆樂不可支的大笑聲。

「醒來吧，我的睡美人——」

房間颳起了烈風，與房內其他雜物無異，我被吹得隨風打轉。

此時，我撞上了一個黑漆漆的東西，抬頭一望，剛好和卡拉四目相交。

明明知道眼前的男孩是卡拉，以往他黏人和撒嬌時也常常會擁抱我，可是我從沒試過被他這樣擁在懷內，臉龐也變得比我的還要大多了。

為什麼現在被他盯著看會感到不知所措？

我想要逃避他，卻又捨不得。

我想要更親近他，卻又擔心卡拉知道後會覺得這樣的我好奇怪。

期待、高興、暖烘烘的，這到底是什麼心情？

「蒲公英，沒事喵？」

他緊張兮兮地問。

即使外表改變了，卡拉依然是卡拉，依然是無論我迷失在何方，都能找到我的卡拉。

「我沒事……不過身體很乏力，說不定我有點……『累』？」

雖然不太習慣，可是只要碰到他，我就覺得很安心。

驀然一記強光閃過，吸引了卡拉的注意力。我朝他注視的方向望去，只見一個原本屬於老爺爺的魔偶陣式浮在半空，貼附在奧蘿兒小姐身上，綻放出刺眼的紫色強光。

然後——

然後沒有了。

魔法陣融入奧蘿兒小姐體內，一秒、兩秒、三秒……酣睡容顏仍舊平靜，彷彿剛才的一切從未發生。

像是被眼前沉重的一幕壓倒了，莫斯溫婆婆跌坐在地上，沉默不語。

「趁現在。」

卡拉叼著我，悄悄撿回頸圈和背包，迅速跑向木梯。

「可是……」

看著那抹脆弱不堪的嶙峋背影，以及全然不受外界喧擾的小公主，我們這樣丟下她們，真的好嗎？

我們都曾經歷過喪親之痛。

她用盡方法，妹妹最後卻沒有如願甦醒，這種痛苦，說不定與眼睜睜看著親人再死一次沒有差別。

木梯爬到一半，我聽見卡拉的嘆息聲。

「已經這麼多年了，放手吧，讓她安息不好喵？」

他停下來回望房間，好像在跟一位認識多年的朋友對話，語重心長地勸說：

「這些年來不只主人勸說過妳喵？只要是魔偶師都該清楚，屍體不能製成魔偶喵。」

咦，莫斯溫婆婆早就知道結果了嗎？

明明知道結果，為什麼還執意要去嘗試呢？

「哼……你這隻畜生懂什麼？」

莫斯溫婆婆的聲音變得相當沙啞，好像在壓抑什麼。

「我才不會放棄，我要跟她道歉，還要跟她解釋那只是我一時之氣，所以我不放棄——」

擱在地上的撲克牌再度騷動不已，無風亂竄，割開了花瓶、劃破了布簾，彷彿在替她發洩內心的怨恨和不甘。

「即使有多麼自責，道歉的時機錯過就是錯過了喵……」

我聽見卡拉喃喃自語，長長的貓尾一撥，輕鬆擋開橫飛而來的紙牌。

「本大爺勸過了，但她還是那麼執著，誰也管不了。」

卡拉似乎在勸我別再為她憂心，接著連翻跳躍，飛越了氣窗。

我們終於逃出莫斯溫玩偶劇場了。

「卡拉，找到她了嗎……哇！你是誰？」

跑出房子轉角，我們馬上遇見白雪。她身後掛著「莫斯溫玩偶劇場」招牌的大門打開了，奔出一眾看起來像是在逃亡的魔偶們。

「不就是卡拉喵！」

卡拉回答了，白雪卻仍然一臉疑惑。

不過比起驗證卡拉的身分，我有更重要的話要說：

「白雪……謝謝妳。」

幸好她順利找到卡拉，不然我的旅程大概要到此為止了，這個恩情我該如何報答？

「太好了……妳沒事，太好了……」

白雪愣了一下，雙肩彷彿卸下了沉重的大石，撲過來緊緊擁著我。

啊，對了！

「卡拉、白雪，酒吧……有馬車，去冰劍蘭國吧。」

晨曦的陽光灑在白雪的髮間，使我聯想到縞月城的雪景。

「真的假的？」

白雪和卡拉不約而同睜大眼睛，難以置信地望向我。

「好像會在天亮時出發……」

然而當我補上這一句後，他們喜出望外的表情瞬間垮下來，為什麼呢？

啊，現在已經天亮了！

「沒時間了喵，到我背上來！」

卡拉壓低身子，白雪趕緊抱著我騎在他背上。
他攀到屋頂疾呼狂奔，速度比黑貓形態時也快太多了！
望著遠方漸漸升起的太陽、一幢幢掠過眼前的平房，我的心思又飄往玩偶店裡去。
那是個氣氛慵懶的下午，玩偶店非常難得地來了一位客人。
那位先生向老爺爺展示他病逝女兒的畫像，希望依照畫像訂製一個和女兒外表相同的魔偶。
他提出了近乎玩偶店一年收入的價錢，可是老爺爺堅定地再三拒絕。
「知道嗎？即使有多麼想與某個人見面，也不要將魔偶當成替身。」
看著被客人甩得左搖右擺、噹噹作響的門鈴，老爺爺忽然這樣告訴我。
「為什麼？」
當時，我沒辦法理解老爺爺的話，但如今看到莫斯溫婆婆的背影，我想我明白了。
因為那樣做太寂寞了……
「蒲公英，妳說的馬車在哪裡？」
回過神來，我們轉眼已到達酒吧的屋頂，白雪一臉焦急地問。
讓我看看……
酒吧的後方就是旅館，旅館的前庭停了幾輛載貨馬車。
可是現在貨物都收在木箱裡，哪輛才是載著紗線的馬車呢？

我抬起頭，正要回答「我不知道」，卻瞥見空蕩蕩的沙色街道裡，行走著一輛載貨馬車，上頭放著一箱特別小、刻有酒吧名字的木箱——

說不定是那部！

「那邊……」

我指向那邊的街道，為什麼卡拉和白雪仍然一臉茫然？

「前面往城門開出的那部。」

忘記了，我現在沒有右手，只好再說得明確點。

「抓緊了喵！」

卡拉飛快追趕著，越過數個屋頂、橫跨了幾個街口，終於趕在馬車駛出城門前撲入了貨架中。

呼……

雖然不是我在跑，可是我仍然鬆了一口氣。

我猜自己現在的表情應該跟卡拉和白雪差不多吧？

「我看還是算了吧，不回去了。」

我們各自倚在木箱上喘息。眼看蛋白石城愈來愈遙遠，白雪忽然扁著嘴巴說。

「要是千辛萬苦跑回去，丹尼卻不想見我的話……」

我不明白，白雪是對自己沒信心，還是對丹尼沒信心呢？

「白雪，妳知道為什麼莫斯溫婆婆一直在尋找『完美的魔偶陣式』嗎？」

「我怎麼可能知道──」

「因為莫斯溫婆婆希望向逝世多年的妹妹說對不起。」

白雪一時有點迷茫，但沒過多久後，她的表情便漸漸變得訝然，說不定是終於想起逃亡時曾撞見過那位沉睡的奧蘿兒小姐。

「白雪，妳還有機會回到主人身邊哦，但卡拉和我已經沒那個機會了。」

我試著把我的感受告訴白雪，她卻一臉倔強，抿著嘴巴，沒有回答。

「丹尼很重要，對吧？要是不回去，就這樣跟丹尼永遠分開、一輩子不見面了，這真的是白雪希望的嗎？」

她的表情慢慢放鬆下來，可是依然沒有回答，滿是猶疑。

「喵，與其獨自在這裡胡思亂想，妳乾脆回去質問他不就好了？」

此時，卡拉有點不耐煩了，直截了當地建議。

「好吧！」

還以為白雪會一直消極下去，沒想到她忽然像是下定了決心，猛力點頭。

「我要踩著他的胸膛質問，親耳聽聽他怎麼說，反正大不了也只是再次出走而已。」

雖然這番話粗暴了點，然而聽到她這麼堅決，不知怎地，我也安心下來。

能夠回到重要的人身邊實在太好了。

我不自覺地笑著望向卡拉——

不對。

半晌過後，我才懂得為這舉動驚訝。

為什麼說到重要的人，我第一個聯想到的是卡拉而不是老爺爺呢？

卡拉當然很重要，可是老爺爺同樣也很重要啊。

我不明白，為什麼總覺得有哪裡不同？

老爺爺和卡拉之間有什麼差別？

我是不是要忘記老爺爺了，才會出現這種差別？

「蒲公英怎麼呆了喵？」

啊，卡拉看過來了。

我從來沒有這樣不知所措，不敢跟他對視，卻又很矛盾地想和卡拉更加親近。

為什麼會有這種心情呢，是不是魔法陣有哪裡出了錯？

或是……我還沒適應卡拉變成貓妖模樣的緣故？

「沒、沒什麼……」

這樣的心情太奇怪了，我想先搞清楚才和卡拉說明。

既然現在還不希望卡拉知道，我得趕快找別的話題來說！

「對了！白雪為什麼會和丹尼吵架？」

莫斯溫婆婆與她的妹妹發生了什麼誤會，我想這是永遠沒辦法解開的謎團。但白雪出走的原因，我想趁現在弄清楚。

「……人家也想贏一次雪仗啊！」

……咦？

「為什麼每次都要我遷就他？」

白雪抿著嘴巴，似乎至今仍因為放水而非常不甘，卻又因為這個孩子氣的原因害自己墜入險境而感到羞窘。

「對喵，他的雪仗技巧糟透了！」

沒想到卡拉一臉認真地點點頭。

「對吧？全身都是破綻！」

白雪立刻認同，激動得聲調也提高了。

我們互望對方，終於忍不住一哄而笑。

卡拉和白雪，是不是和我一樣，立刻想起了丹尼不服氣的表情呢？

總覺得現在才真的脫險——

咚！

馬車倏地猛力搖晃了一下。

這個瞬間，我看見放在木箱上的背包，還有頸圈被拋出車外。

不容多想，我連忙撲到圍板的邊沿，伸手捉住它們，孰料我沒有將它們拉回來，反而隨之一起摔出車外。

不可能啊！

我明明抓緊了圍板才對——

啊，忘記了，我現在沒有右手。

伴隨卡拉的驚呼，我沉沒到河流裡去……

對了，還沒有為妳正式介紹卡拉。

卡拉就是剛才提及的那隻煩人又可愛的小貓妖。他曾險些被非法販賣魔物的人拐走，幸好最後平安無事，以防再發生這種恐怖意外，我只好將他封印成一隻普通的小黑貓。

說來，卡拉很喜歡蒲公英呢，常常追問我什麼時候將蒲公英喚醒。我當然也很憧憬她活動起來的模樣，可惜無論是魔偶術技巧，還是個人心情，現在都還不是時候。

或許待某天，已經確定無法與妳再會，而我也完全釋懷的時候，再來考慮吧？

我曾經很懊惱，曾想著要不要折返送他回家，畢竟旅途中會有很多驚險意外，戴著一個孩子實在太麻煩了。

不過，幸好我沒有這樣做。

當初以為我總是在照顧他，現在想想，其實是他在照顧我才對。

卡拉讓我體會到很多事情，起初我們相處得並不和睦，他是個很任性的小孩，正因如此，我才能深刻反省自己多麼我行我素，要是我早點發現，就不會常常惹妳生氣而毫無自覺了。

偷偷告訴妳，我在寫這封信的時候，卡拉大概是早上玩得太累，現在睡得肚子朝天，霸占了大半張書桌。

雖然他現在還只是幼年期的小貓妖，不過我猜不久將來，他一定會成長為頂天立地的男子漢吧？

「……不要搶，這是我的背包！」

「為什麼瞳術會對她無效？」

好吵喵……想安靜睡個覺都不行——

不對，現在不是睡覺的時候！

記憶中，馬車似乎碰到了石塊，蒲公英被拋出車廂外，本大爺跟隨她撲入湍急的河裡。馬車沒有停下，漸漸駛遠，白雪一直呼喊著，本大爺叼著蒲公英想要爬上岸，可是手一滑又再掉進水裡。

然後喵？

好像被什麼撞到，頭昏沉沉的……無論如何，現在本大爺已經清醒過來了！

睜開眼睛，便瞥見蒲公英被一個黑影推落到河裡，不要每次睡醒都給本大爺新刺激喵！

可惡喵，身體泡在水中太久，變重了，動作也變緩慢了！

那個黑影已經竄進森林，要是走慢一步，本大爺絕對把你撕成幾塊！

「蒲公英沒事吧……」

沒事才怪喵。

本大爺扶起蒲公英，才發現她如今只穿著一條白色襯裙，褐色捲髮變得濕淋淋，整隻右臂不見了，一顆眼睛還丟在河邊。

原本像是喝完下午茶後來森林散步的大小姐，在本大爺沒注意的時候，變成髒兮兮的難民。

她抬頭望著森林深處，呆滯的表情與那晚回到玩偶店時，她告訴本大爺「老爺爺睡了一整天也沒起床」時的表情重疊了。

「卡拉，背包還有頸圈被搶走了。」

「沒關係喵，有本大爺在，搶回來就好。」

來，深呼吸，快點把怒火當成貓糧吞下去。

要洩憤的對象不在這裡，亂發飆的話只會嚇到蒲公英喵。

只是稍微鬆懈一下，她就被欺負得體無完膚了，所以本大爺就說嘛，這個世界非常凶險，善良又天真的蒲公英不可能在這種世界存活。

「卡拉，對不起，我在河邊等待卡拉醒來的時候，好好反省過了。」

喵，怎麼了？

明明是本大爺沒好好保護妳，為什麼會是妳道歉？

「要是沒有阻止公雞他們偷竊，我就不會被拐，後來也不會掉進河裡被卡拉救，然後背包和頸圈也不會被搶走……」

她沒有說下去，默默拾起原本應該鑲在臉上的眼睛，小心翼翼地在裙襬擦拭著。

蒲公英一臉苦惱又困惑。她一定是悄悄準備面對本大爺的責備，而且還不明白為什麼這個世界和主人的教導明顯有矛盾喵。

「喵，伸張正義沒有不好，只是要選個在能力範圍內的方法。」

不開心的時候來摸摸本大爺喵，雖然變成這副模樣，但治癒效果不會減，保證醒腦提神喵！

「想想看，要不是這次意外，我們也不會遇見白雪不是喵？對了，她叫我跟妳說，她一定會回到丹尼身邊喵。」

磨蹭磨蹭磨蹭……蒲公英總算釋懷地笑了笑。這樣才對，不能在此沮喪喵，接下來還有一段長長的路要走。

「好了，現在要趕快找回主人的信，蒲公英，本大爺來背妳喵。」

之前被封印成普通家貓，所以沒辦法，現在變回貓妖形態的話，載著她在森林奔跑也不成問題。

「卡拉，現在的你才是貓妖的原形嗎？」

差點忘了，這是蒲公英成為魔偶以來，第一次看見本大爺的真面目喵。

「對喵，因為主人在頸圈施下封印術，本大爺才會變成一隻普通黑貓。」

哼哼，現在這個姿態的本大爺無所不能，接下來她將會看到更多本大爺帥氣的一面喵。

「來告訴本大爺喵，搶走背包的是誰？」

「嗯……雖然他不是黑色的，不過外表看來很像卡拉，有點像人也有點像貓。」

「那大概是貓妖……」

喵嗚？

火薔薇國境內、河流下游的幽暗森林、還有像本大爺的同族在？

這裡——

不就是本大爺的故鄉喵？

沙沙……

後方的矮叢傳來雜聲，有埋伏！

一道白影倏地從矮叢閃出。想撲倒本大爺？功夫還差一截喵。

本大爺跳上大石，輕輕鬆鬆便躲開了這次失敗的偷襲——喵喵，還以為是什麼，原來又是一隻同鄉喵。

「卡拉，偷走背包的貓妖和她很相像，不過不是她。」

「喵，她是日貓族的白貓妖。」

遇上同鄉就好喵，很快就可以找回背包了。

只是有哪裡不太對勁，大石下的白貓妖一直保持準備迎敵的姿勢。

喵……似乎遇上麻煩的傢伙了，先放下蒲公英再說。

「嘶……哪來的黑貓妖，竟敢闖進日貓族的範圍喵，真是膽大包天！」

「夜貓族和日貓族是同伴才對喵，為什麼要攻擊本大爺？」

「誰要跟你們這種不可理喻的貓做同伴喵！」

白貓妖忿忿不平地叫嚷，窮追不捨伸出利爪撲過來。

在本大爺離開故鄉的這段日子，發生了什麼事？

她不像是在開玩笑，每招都狠辣有勁，這是不打敗本大爺誓不罷休的意思喵？

那本大爺也只好奉陪到底了！

沒想到這場仗連打鬥也算不上，才過招兩三下，她就被按倒在地。嘖嘖，是本大爺太厲害，還是她太弱了？

喵……近看這白貓怎麼有點眼熟？

「死黑貓！移開你的髒鼻子！信不信本小姐把你的頭割下來！」

喵喵喵！錯不了，這股氣味——

「凱特——妳是凱特！」

她憤怒的表情瞬間變得十分疑惑。也對，本大爺離開故鄉時大家都只是小貓一隻，霎時間記不起來也不足為奇喵。

「是本大爺，卡拉喵！記得喵？」

本大爺連忙從她身上躍開，作為久別重逢的畫面，踩住青梅竹馬的頭也太逗趣了。

聽到本大爺的名字，凱特的貓瞳擴張了。

總算記起來了喵——

孰料她沒有停止攻擊，來了一記突襲，本大爺的臉頰頓時掛彩了。幸好本大爺是實力派喵！

「喵，妳到底怎麼了，不記得本大爺喵？」

「本小姐當然記得喵，所以更要揍你！」

到底是怎麼回事？小時候明明就天天一起在森林冒險玩耍，本大爺可沒印象做過什麼令她如此怨憤的事！

「真是夠了，有什麼恩怨快給本大爺說清楚喵！」

本大爺有很多事情要辦，而且很趕時間，雖然是老相識，但不代表本大爺有無窮耐性！

「凱特小姐，要是卡拉開罪了妳，我代他向妳道歉。」

好不容易將凱特推開，蒲公英立刻擋在中間勸架。還好她仍然是本大爺認識的那隻善良貓咪，沒有出手傷害無辜。

「都是因為你當年一句『本大爺去找凱特玩』然後失蹤了！」

喵、喵嗚？

經凱特這麼一提，好像真的有這回事喵……

「因為你的一句謊言，害日貓族和夜貓族決裂，本小姐更蒙受不白之冤！不揍你，本小姐多年以來的冤屈要怎麼發洩？」

喵、喵、喵——小力點，雖然妳不伸爪，但那麼用力地巴頭還是會痛喵，更何況本大爺根本不知道隨便一句話會造成這麼誇張的局面喵！

「凱特小姐，卡拉令妳委屈多年，實在很對不起。」

蒲公英向她深深鞠躬。喵，別搞得本大爺好像闖禍的小孩，讓父母站出來代為道歉。

「可是……為什麼卡拉失蹤會影響兩個族呢？」

沒想到下一秒鐘，她便歪頭問出讓本大爺極度震撼的一句話。

不要問，很可怕！

「沒、沒時間閒聊了，還是先去找主人的信，凱特也來幫個忙喵！」

本大爺向凱特使了個眼色，沒想到她的貓瞳立刻瞇成陰險的直線。

糟了，這傢伙不可靠！

凱特半掩嘴巴竊笑。喵喵喵！不要說出來——

「因為這傢伙是夜貓族的王子喵！」

這是個連主人也不知道的祕密喵。

夜貓族和日貓族自古以來肩負守護森林的責任。身為純種的黑貓妖喵，長輩們自幼便不停地灌輸本大爺，長大後要成為族群之首，帶領夜貓族繼續捍衛森林的和平。

正當本大爺以為接下來的日子會跟隨長輩的步伐時，某天森林闖進了一個人類，本大爺也因此離開了曾經深信這就是整個世界的故鄉。

現在看著已經長大的凱特，本大爺還真沒想到居然會有回來的一天喵。

「卡拉，王子就是童話繪本裡經常在森林迷路，後來巧遇落難公主的那些男孩嗎？」

喵……這就是本大爺不想承認的原因，蒲公英對王子的印象只有這樣。

「喵，世上竟然有這種蹩腳王子？」

凱特立刻似笑非笑地打量本大爺——喵！本大爺才不是這種湊合用的龍套角色！

「可是凱特小姐，王子也懂得一種能破解所有魔咒的方法啊。」

夠了喵，這話題又笨又肉麻，不要再說下去了喵！

「是說，這小不點不像人類也不像生物，為什麼會說話喵？」

「凱特小姐，我叫蒲公英，是一個五顆蘋果高的魔偶。」

「魔偶？」

「魔偶術是一種釋放魔力作為活動能力的魔法，而魔偶就是不用吃喝也能維持活動……」

蒲公英倒背如流地念出魔偶的定義。真感激凱特轉移話題，不過本大爺十分肯定唯唯諾諾的她根本有聽沒有懂。

「不停魔法魔法的，妳該不會就是當年那個人類的娃娃喵？」

凱特最後忍不住打斷了蒲公英的話。

「當年那個人類？凱特小姐曾經見過老爺爺？」

喵，蒲公英果然露出了眼睛發亮、十分憧憬的表情。

自從在艾寶城定居後，主人和本大爺都很少提到那段旅行的日子，因此在主人晚年時才被喚醒成魔偶的蒲公英，只含糊知道些大概。

並不是刻意隱瞞或看待成不能談論的過去，單純只是玩偶店的生活過於安逸，日子久了，那些沒什麼大不了、又沒必要時刻惦記的事情便慢慢沉澱了喵。

「卡拉，老爺爺曾經來過這裡嗎？」

「對喵，當年本大爺就是在這裡和主人碰面的。」

當時一名少年背著巨大的背包，整個人髒兮兮的，頭髮亂得會令貓妖們忍不住撲上去梳理，身上還混雜著城市和野郊的氣味，徹頭徹尾就是個自理能力相當差、差到不行的旅人。

可是喵，別看他一副呆頭呆腦的模樣，他誤闖夜貓族的領土，卻以一個不可思議的方法保住性命，最後還跟貓妖們成為朋友。

喵，故地重遊總是不自覺想當年。

「小不點，妳不知道的事可多著喵。」

就算用尾巴尖去思考，也能猜到凱特打算爆料本大爺幼年時的糗事。警告妳不要太過分喵！

本大爺想要先發制人，她卻早有預料似的跳上樹幹，貓瞳瞇成一線，露出一張嘲諷臉。

「例如跳上矮叢失手摔下來喵、被自己的便便嚇倒喵、想要抓魚卻掉進河喵——」

嗚喵——本大爺辛苦經營的帥氣形象，怎麼可能白白被妳毀於一旦！

妳以為跳上樹幹就安全了喵？別忘了本大爺也是貓妖！

「卡拉，凱特小姐是朋友，不要打架！」

「朋友的種類有很多，她這種明顯就是欠揍喵！」

「死黑貓別擠上來——」

嚓——

喵——樹幹斷了！

「卡拉！凱特小姐——」

我們亂成一團，滾落在斜坡上，蒲公英微弱的呼喚隨即趕至。

放心喵，貓妖從高處摔下來也沒什麼大不了喵！

「咦？這邊的森林是怎麼回事……」

本大爺以為蒲公英會擔心慰問，但她只是驚訝地望著我們身後的森林。

怎麼了，不就是森林喵——

這裡的樹幹布滿爪痕，明顯標示著此處是屬於誰的管轄範圍。

本大爺回來了喵，貓妖族的故鄉。

然而森林裡沒有小溪、沒有綠葉、沒有花香和鳥鳴，放眼望去只有枯樹和一堆垃圾雜物。

長輩們曾經領著主人在這裡展示領土，主人十分佩服的表情仍然歷歷在目，但現在眼前的景象和腦海中的畫面差距也太大了喵！

本大爺也差點脫口而出問一句，這邊的森林究竟是怎麼回事喵？

「怎麼樣，很驚訝喵？這些年來森林的變化大得你沒辦法想像。」

凱特甩掉身上的枯葉，一臉厭棄地舔著前爪。

「不就告訴過你了喵？日貓族和夜貓族不和多年，這就是戰爭帶來的後果。」

一場因為本大爺的一個謊言而引發的戰爭。

「哎呀……凱特妳帶夥伴來幫忙喵？」

一隻背著大量雜物、灰色的老貓妖姍姍走來。

「不是喵，長老，看清楚是誰回來了？」

凱特領著他到本大爺面前猛嗅，那雙惺忪的眼睛驀然睜大，嘴巴開開合合的說不出話來。

對喵，本大爺回來了。

「夜貓族的王子啊……森林這樣亂七八糟，實在不太妙喵。」

長老貓妖老淚縱橫。對不起喵，本大爺實在沒想到會闖下這種大禍。

「這些年來我都在整理東西喵，這邊是好玩的，那邊是不好玩的。」

他向本大爺展示整理雜物的方式，原本打算把掛在樹上的旗幟拉下來，結果抓了幾下，就自己在那邊玩了起來。

本大爺相當明白什麼都能成為玩具的情況，晃來晃去的布和繩索真的很好玩喵，長老的整理雜物之路看來相當艱難，辛苦他了。

「哎呀……這些雜物都是從人類那邊借來的，不好好整理，要是弄壞了該如何還給人家？」

許久後，長老總算回過神來，氣喘吁吁地繼續解釋。

喵？

什麼跟人類借東西？

微風吹拂，森林的空氣隱約混雜了一絲奇怪的氣味。

「凱特，嗅到了喵？」

這股怪味是怎麼回事？

凱特沒有回答，一臉凝重地望向森林深處，看來她不只嗅到，而且知道原因喵。

「不是跟你說了？這些年來森林的變化大得你沒辦法想像喵。」

痛痛痛痛痛——別扯本大爺的貓鬚喵喵喵喵——她瘋了喵！

「戰爭又再度開始了喵，這次你一定要給本小姐好好阻止，知道沒？」

說完，她馬上跑遠了。連復仇的機會也不給本大爺，真可惡！

「卡拉，什麼是戰爭？」

「唔……簡單來說就是不停互相傷害、不停製造死亡喵。」

「日貓族和夜貓族的戰爭……貓妖們會死亡嗎？」

「大概喵。」

雖然本大爺解答了蒲公英的疑問，可是接下來將會遇到什麼，本大爺還是不太能想像喵。

這座森林是本大爺出生、成長、遇見主人的地方，是宛如遊樂場般的存在，究竟為什麼會和戰爭扯上關係呢？

本大爺跟隨凱特在樹林間狂奔，要不是有重任在身，聽著風聲和草葉摩擦的聲音，還滿自由自在的……

——來，把頸圈解下來吧，是時候還你自由了。

為什麼偏偏在這個時候想起這句話喵？

這句話彷彿是個咒語，連同那段回憶一併湧現眼前。

就在主人病臥在床的某晚。

身為魔物，直覺這位年老的人類將要與世長辭的那一夜，本大爺跳到床頭櫃，發現他似乎也在等待本大爺，轉過頭來便開口吐出那句話。

這是什麼意思喵？

這算是棄養喵？

「我啊，其實沒什麼牽掛了，可是總是對你有些放不下心。」

主人前陣子明明病得迷迷糊糊，此刻眼睛卻異常明澄，這就是人類所說的迴光返照喵？

「蒲公英就交給你照顧了。如果立刻收回她的魔力，你一定會很寂寞吧？」

說什麼傻話？不要說得像是遺言一樣喵！

「不管是頸圈還是蒲公英，本大爺都不答應，主人一定會好起來喵。」

……喵，其實在說傻話的是本大爺才對。

到底是從什麼時候開始的喵？

自床頭櫃跳下來突襲主人的遊戲，什麼時候開始，從「要把他嚇個半死」變成「擔心把他嚇死」而不再玩了喵？

主人總是抱怨本大爺擋在眼前害他找不到零件，從什麼時候開始，即使本大爺不在工作桌上，他仍然沒辦法看清楚桌面上的東西？

從什麼時候開始，主人彎腰放下貓糧也會哀哀叫痛？

從什麼時候開始，主人跟本大爺一樣，總是會不知不覺睡著了喵？

又是從什麼時候開始，主人一頭亂糟糟的棕髮變得灰白又稀疏，行動也變得遲緩，甚至沒辦法照顧自己？

主人的人生即將走到盡頭，而跟他一起度過漫長歲月的本大爺，才只是一隻開始脫離幼年期、帥氣活潑的黑貓妖。

「你知道的，卡拉，人類啊……就是沒辦法比魔物長壽。」

話雖如此，可是本大爺這刻才真正感到人類的生命既脆弱又短暫。

……喵，是時候離開了。

貓妖的習俗就是找個地方獨自面對這種事，所以本大爺也不打算看著主人迎來最後的那刻。

跳出窗戶之前，本大爺聽見主人的呢喃。

「我沒辦法看見了……不過卡拉一定會成長為頂天立地的男子漢吧？」

跑在前方的凱特忽然煞住腳步。

穿過叢林，周遭都是奄奄一息的同族。

喵……

說是奄奄一息，不如說是累垮了。

「卡拉，貓妖們都抱著這個又咬又踢，看起來玩得很高興，這個是什麼？」

蒲公英拾起枯葉上的果實遞過來。

喵！這個白色圓滾滾的東西，不就是——

「這次居然使用木天蓼喵，真陰險！」

「上次日貓族也用了薄荷，彼此彼此而已喵。」

「可惡喵，這種氣味——喵嗚！」

「難以自拔嗚喵喵喵——」

看著在地上一邊打滾翻肚子、一邊對罵的貓妖們，本大爺相當無言。

如果這就是因為本大爺而掀起的戰爭……喵，無論是什麼原因，本大爺一點都不想和戰爭扯上關係就是了。

「喵！振作點，你們這個樣子實在糗死了喵！」

凱特拉著同伴坐起，孰料對方還是咬住果實軟綿綿地攤下去，完全不想動。

「總有些對木天蓼沒反應的貓妖喵！他們跑到哪裡去了？」

不管怎樣搖晃拍打他們，還是一副痴迷的樣子，真是恨鐵不成鋼喵！

「蒲公英，抓緊了喵！」

沒辦法，只好自己找了喵！

本大爺一鼓作氣爬上高樹，環視樹林一周，發現東邊的樹林閃出了十多個狂奔的影子。

「東面的村落向來不喜歡貓，瞳術很可能會沒效，他們活膩了喵！」

看到貓妖們跑去村莊了，凱特抱頭尖叫。

「是時候告訴本大爺了，所謂的戰爭是怎麼回事喵？」

本大爺拉著凱特再次狂奔，總之先跑再說喵！

「自你失蹤以來，兩大貓族一直利用瞳術迷惑人類，原本只是為了打聽你的下落，結果不知怎地演變成借物戰爭喵。」

跑在身旁的凱特連頭也不甩一下，卻總算將真相娓娓道來。

「你也看見喵，現在森林囤積了很多根本用不到的東西，但他們完全不管這些事，總之借物愈多，愈顯實力，剛剛的慘況就是阻止對方前進的卑鄙手段喵。」

搶走背包和頸圈的貓妖，也是因為這場借物戰爭才會做出那種事喵？

本大爺不在的時候，貓妖族淪落成跟害蟲差不多的存在，他們把身為貓妖族的尊嚴放在哪裡了？

喵，尊嚴那些先放在一旁不說，再這樣下去，要是被人類厭惡的話——

人類就會大規模捕獵貓妖族！

「哇——哪來這麼多貓妖？」

「小心，貓妖來偷東西了！」

「怎麼……嗚！原來貓妖那麼可愛……」

跑進了東邊的村落，貓妖們果然引起大騷動，人類慌亂地關上門窗，避不過的便遭到瞳術圍攻，把所有東西雙手奉上。

哪裡是借物？這根本是搶掠喵！

「你們快住手喵！」

是時候結束這場無意義的戰爭喵！

可是他們像是殺紅了眼似的，阻止了這邊，另一邊又洶湧而上，沒有貓注意到本大爺是誰，甚至誤認我們是敵方，開始跟本大爺和凱特糾纏起來。

情況太混亂了喵，已經有貓妖成功搶到東西，大搖大擺離開了！

可惡喵，還有什麼方法阻止他們？

本大爺一定要挽救貓妖族的聲譽。

要是連自己的家園也無力保護，還妄想成為什麼男子漢喵？

快給本大爺停止——

「卡拉，情況太緊急，我就不說明了，先載我到那棵很高很高的大樹上，可以嗎？」

正當本大爺煩躁不已時，蒲公英忽然提出了風牛馬不相干的要求。

「小不點，現在不是抓小鳥和看風景的時候喵！」

凱特跟本大爺一樣猜不透在這時爬樹有什麼用……

不對喵，蒲公英不至於那麼遲鈍，說不定她有辦法解決目前的困境。

好喵，本大爺就依她的吩咐全力衝刺！爬上樹頂不是難事，不過接下來蒲公英打算怎麼做？

「卡拉，待會兒不要只顧追著光點跑啊。」

她從本大爺的背爬下來，莫名其妙地提醒了一句。

什麼光點？喵！難道她打算——

鏘！

蒲公英一鼓作氣敲碎了眼睛，高舉碎片並晃動著，地上立刻折射出一顆顆看起來在說「來追我啊小笨蛋」的光點。

「可惡喵——這又是誰的詭計？」

「快抓住它！」

「傳說抓到光點得天下喵！」

原本專注借物的貓妖們，一下子就察覺到地上那個更有趣的東西，不分黑白紛紛追捕散落在地上，忽左忽右、忽暗忽明的小光點。

蒲公英的思維不像貓，所以才能抓住貓的弱點。

當年主人也是用這個方法，說自己抓到了光點來騙倒貓妖們，保住了性命喵。

「出發喵凱特……」

喵！沒想到凱特的貓瞳也瞪得圓圓大大的。

不要看向光點，雖然它不停晃動簡直像是在討抓，可是千萬不要看喵！

先前蒲公英的眼睛雖然掉出來，但只要找到懂得製作玩偶的人幫忙就能嵌回去。現在敲碎了，也就代表著她的眼睛將永遠失去。

「貓妖們，本大爺不在的期間，你們在幹什麼蠢事喵？」

本大爺絕對要把握這次機會，以最威風凜凜的姿態登場，不能害蒲公英白白犧牲！

「他是——」

「夜貓族的王子！」

「喵！卡拉回來了——」

沒錯，本大爺回來了。

貓妖們既欣慰又驚訝。可是喵，事情才沒有那麼輕易結束。

「可惡的貓妖——」

「休想在我們村裡偷到半根稻草！」

「我這輩子最討厭貓了——」

不愧是討厭貓的村落，村民拿著擀麵棍和大網出現了。

「殿下，現在怎麼辦喵？」

哼哼，這就問對貓了喵！本大爺在人類社會中打混多年，對付人類的經驗可多了。

「就給他們點顏色瞧瞧喵。」

休怪本大爺無情喵，有些人類就是欠調教。

「說討厭貓的人，一定沒見識過貓的厲害。」
大敵當前，這時更要處之泰然。記住喵——人類都是潛在貓奴！
「用貓妖們的可愛激發他們的奴性喵！」
晃晃獨特的三角形耳朵、亮出水漾無辜的大圓眼、舔舔粉嫩的弧形嘴唇，柔軟的身體再配上一個肚子朝上的懶腰。
看招喵！這雙就是能夠融化世上萬物的肉球綿掌——
「嗚！少來裝可愛……」
「可惡！下不了手啊啊啊！」
「我錯了……討厭的不是貓，是我那容不下貓的狹隘心靈！」
喵喵喵，沒見一滴血，村民們就棄械投降了。
區區一群人類，怎麼可能敵過一群魅力四射的貓妖？
「我們喵，只是想跟人類開個玩笑，千萬不要生氣喵。」
本大爺瞇瞇眼睛打圓場，人類也不打算繼續攻擊了，只悻悻然擱下手裡的武器，返回村裡。
有驚無險，總算化解了一場危機喵。
看到了喵，這就是本大爺的領袖風範——
喵……根本沒半隻貓妖注意，危機一解決，大夥兒又紛紛追著光點玩起來了。

不過，和平真好喵。

「戰爭已經結束。現在喵——」

看著散置一地的雜物，本大爺總算能親自結束這場持續多年的鬧劇。

「是時候把借來的東西還回去了喵！」

日貓族和夜貓族的借物戰爭，因為本大爺的出現而落幕了喵，可是一堆善後的工作才正要展開。

長老貓妖看著大家不分你我地清理雜物，愜意地瞇著眼睛，他大概很高興，總算可以安享晚年了喵。

「卡拉殿下，小的借了您貴重的物品，實在很對不起喵！」

一隻黃白色的貓妖怯怯地跟本大爺道歉，雙手奉上屬於我們的東西。

「卡拉，是我們的背包還有頸圈！」

蒲公英看起來十分興奮。小心別從大石上摔下來喵！妳還是好好坐著喵，本大爺叼給妳就好。

「對了，為什麼卡拉會戴著這個頸圈呢？」

哼哼，本大爺早就知道妳會問起這件事。

「想當初本大爺曾經和主人大戰三百回合喵，最後輸了，被迫戴上這個，封印成普通黑貓。」

妳以為本大爺會告訴妳，其實本大爺小時候曾經險些被拐到黑市販賣，主人才會套上這條施了封印術的頸圈，將本大爺偽裝成隨處可見的黑貓喵？

「卡拉殿下——噗！這稱呼還真和你不配喵。」

凱特依舊擺出一副嘲諷臉。她是不是擔任指揮工作壓力太大，所以故意跑來找碴喵？

「長老有話要跟你說……單獨過來喵。」

不能讓蒲公英聽到的話喵？

「卡拉，去吧，我在這裡等你。」

蒲公英倒是沒有很在意，或者說她根本沒想到這回事。

「本大爺去去就回來。」

嗯……這裡都是同族，而且以本大爺的身分，應該沒有誰敢傷害她喵。

「我從凱特那邊聽說過喵，原來殿下一直跟隨著當年那位人類喵。」

長老瞇起眼睛。他打算懲罰本大爺喵？本大爺當年離家出走在先，現在受到責備也是理所當然的喵。

「那個人類，現在可好喵？」

他死了。

單是想起這三個字，眼前便又閃過一幕幕主人臨終前和葬禮的畫面。

每次要告訴別人主人病逝，本大爺便好像要再一次面對主人死亡這個事實。心臟有點刺痛喵。

「喵……原來已經這麼多年了喵……」

本大爺的尾巴來回擺了好幾遍，卻怎樣都開不了口，然而長老已經猜出了大概，感慨地長嘆一聲：

「過去的事就讓它過去吧，總之喵，殿下回來就好了喵。」

喵喵喵，長老你誤會了。

「本大爺這趟只是路過而已，接下來還得替主人送信。」

如今誤會解開，貓妖族也不至於到沒有本大爺不行的地步，相反的，蒲公英不可能獨自完成旅程。

本大爺望向蒲公英，她剛好也在整理頭髮，背部露出一個黯淡無光的魔法陣。

她的魔力差不多被偷光了，還能支撐多久喵？

能完成這趟旅程喵？

不能再耽誤了喵！

「本小姐看你多半是給那個頸圈迷惑了喵。」

凱特眉頭緊皺，非常不悅。

「竟然不當夜貓族的王子，甘願淪落為人類的使魔？」

淪落？

喵……凱特，妳說反了喵。

雖然離開了同族，但這些年來，主人帶給本大爺很多意料之外的體驗。

由旅行的驚險日子到玩偶店的平凡生活，直至和蒲公英再次展開旅程，要是當年沒有跟隨主人，本大爺這輩子一定錯過了很多不想錯過、在族群裡體會不來的珍貴事物。

蒲公英曾說，沒什麼比主人與本大爺重要。

相對的，對本大爺來說，沒什麼比主人和蒲公英重要了喵。

「能夠侍奉主人，是本大爺的榮耀——」

喵嗚？

只見蒲公英打開背包檢查了一下，接著卻呆住不動了。

「卡拉——」

凱特，有什麼話待會再說喵，蒲公英似乎有些異狀。

「蒲公英，發生什麼事了喵？」

「老爺爺的信……」

蒲公英的大腿上擱著一個滲著水珠的珠扣背包，裡頭的物品無一倖免，全都濕透了喵。

主人的信件也理所當然地糊成一團。

她不知所措地來回看著背包和本大爺，恐怕正努力想著還有什麼方法能讓信件恢復原貌喵。

可是喵……我們心裡也明白，即使把紙糊烘乾，墨水也早就化開了，再也看不見主人的筆跡。

「迪雅小姐永遠都收不到老爺爺的信了……卡拉，怎麼辦……」

如果蒲公英懂得哭泣的話，應該早就淚流滿面喵，本大爺才不允許這種事發生！

「本大爺有沒有告訴過妳，主人也曾經不小心掉進河流喵？」

蒲公英緩緩搖頭。也對喵，主人和本大爺很少談及旅行的往事。

「那時候剛經歷完暴風雨，地上滿是淤泥和枯葉，結果主人渡河時不慎滑了一下，連人帶背包還有本大爺一起掉進湍急的河流。主人拚命嘗試抓住河中的大石和折斷的樹枝，希望能止住滑勢，但很可惜的，這樣做只害得大夥兒在水中瘋狂打轉而已喵。」

「後來呢？」

「我們就一直順流滑下去喵，一直流到亂石滿布的地方，主人趕緊把背包卡在亂石堆中，幾經辛苦才攀回岸邊。除了蒲公英，背包內大多的東西都被沖走了喵。」

「不過，最後有驚無險真是太好了……」

蒲公英聽完鬆了口氣。喵，趁現在！

雖然現在體形大了一點，但貓咪主動磨蹭的治癒感可不會減少喵！

「所謂旅行喵，就是會遇上許多突如其來和光怪陸離的事，然後想辦法利用有限的資源解決。本大爺和主人當年也闖禍不斷喵，所以妳根本不用在意。」

蒲公英聽罷非常愕然，這應該不是什麼發人深省的大道理喵。

「重要的不是信件，而是信的內容，本大爺已經倒背如流喵！找到迪雅時，本大爺一字不漏地背給她聽就好了。趁著本大爺還記得，要快點找到收信人喵！」

本大爺把背包套到蒲公英身上，再把她整個放在本大爺的肩膀上。與其在這裡慢慢安慰她，倒不如馬上出發，別讓她想太多。

「為了那麼一個人類冒險，值得喵？安安分分在這裡當首領不好喵？」

當凱特遇見時就會明白了喵，世上就是會有這麼一個人，讓人願意做出各種蠢事。

「謝謝妳喵，凱特。」

雖然她毒舌了點，但這些年實在委屈了她，而且她最後也幫了本大爺不少忙。

「——笨蛋！」

喵！本大爺跟妳說謝謝喵，不領情就算了，幹嘛還罵本大爺？

算了，本大爺要出發了！

跑遠了之後，本大爺又忍不住再回望一眼，只見長老呵呵地笑著揮手，凱特的尾巴則重重地甩了又甩。

有空時，本大爺會回來探望你們的喵！

離開了貓妖族的領土範圍，小時候闖下的大禍也收拾完畢，總覺得森林的氛圍和本大爺的心境忽然寧靜多了喵。

只是喵，本大爺仍然很在意一件事。

「蒲公英，妳現在覺得王子……怎樣喵？」

看過本大爺帥氣的一面，應該能擺脫童話故事那種蹩腳形象喵！

「……唔，很可愛？」

喵嗚——不帥氣也就算了，為什麼是可愛？

「老爺爺曾經做了一個王子打扮的貓娃娃，如果卡拉穿成那樣的話，說不定會很可愛。」

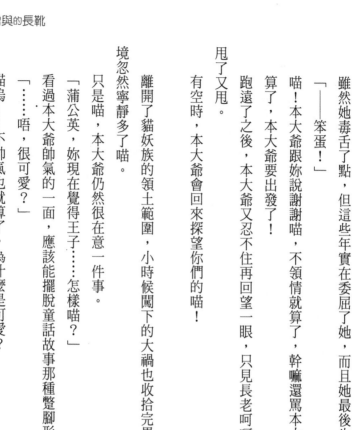

才不會！絕對會被凱特拚命恥笑的喵。

「卡拉，前一陣子我總是在想，自己是不是已經不覺得老爺爺重要了，所以才那麼輕易地把信件搞丟呢？」

喵嗚？

聽到蒲公英這麼說，本大爺驚訝得連嘴巴都合不攏，這還是頭一回蒲公英有心事卻沒有開口詢問喵！

「直到剛才看到信件糊成一團時，那種強烈自責的心情，令我確信老爺爺對我而言仍然是無可取代的存在。」

竟然懷疑自己對主人不忠心？真奇怪，這種事應該是不容置疑的喵。

「妳為什麼會這麼想喵？」

肩膀上的力度忽然微微收緊，蒲公英卻依舊一言不發。

喵，她也沉默太久了，本大爺有點擔心——

「那是因為……卡拉啊。」

因為本大爺？

「因為最近看到卡拉，我總有種很奇怪的感覺……可是……要是看不見了，我又會很想趕回卡拉身邊。我從來沒有對老爺爺產生這種心情，所以我才會想，自己是不是已經不在意老爺爺了呢？」

喵嗚嗚嗚嗚——

妳撒嬌似的趴在本大爺背上說出這種話，實在太犯規了喵喵喵喵喵——

「卡拉……我似乎對你懷著一種很獨特的感情。」

獨特的感情？

是指什麼？

什麼樣的感情會跟主人不一樣喵喵喵——

難道……那個時刻終於要來臨了？

本大爺什麼都沒準備喵，該怎麼回應？

喵喵！冷靜點，馬上來想一句超級帥氣的台詞——

「不過，我還不清楚那是什麼感情。」

「……喵嗚？」

「這次我打算像老爺爺一樣，靠自己努力尋找答案，然後再告訴卡拉。」

「是……這樣喵……」

可惡喵喵喵喵喵——

還顧著耍什麼帥？現在本大爺只能閉嘴、繞住尾巴等待了喵喵喵——

「卡拉，為什麼你的尾巴炸毛了？」

「沒什麼，不用在意喵……」

真是比等待主人打開了貓罐頭，卻又沒放在碗裡時還要煎熬喵——

「卡拉，為什麼你會離鄉背井和老爺爺一起去旅行呢？」

本大爺的心情還沒平復，沒想到蒲公英又馬上問了個令本大爺心跳加速的問題。

為什麼喵？

要回答她喵？

還考慮什麼……剛剛已經錯過了一次時機，現在不說的話，也不知道什麼時候有機會說了喵。

「因為妳喵。」

那時候，一個看起來又髒又亂的人類闖進森林，和貓妖族成為了朋友喵。

他經常坐在大石上，畫了很多形形色色的貓妖素描作為玩偶樣板，放在一旁的大背包總是因此淪為幼貓們的大床和枕頭。

究竟背包裡藏了什麼東西喵？

本大爺也忘了是誰提問的，總之大夥兒的好奇心被徹底喚醒，爭相把背包抓開。

「這時候喵……本大爺看見一位很漂亮的女孩。」

她有著一頭褐色捲髮，還有一雙亮麗的紫色眼睛，一直望著本大爺，笑得好甜。

為什麼背包裡會藏著一位個子小小的人類女孩喵？

為什麼本大爺和她打招呼，她卻沒反應喵？

為什麼她不會動喵？

「她叫蒲公英，是一個五顆蘋果高的球體關節人偶。」

那個人類一邊狼狽地收拾散落地上的物品，一邊耐心地解答：

「不過總有一天，我會用最厲害的魔偶術喚醒她。」

他順了順人偶的頭髮，珍而重之地把她收在背包裡。

她會動的時候會怎樣喵？

聲音是怎樣的喵？

會不會喜歡和本大爺玩喵？

沒過多久，那個人類表示將要離開森林，可是本大爺真的好在意那個人偶有魔力的時候會是什麼樣子喵。

掙扎了一個晚上，本大爺決定要再看她一眼。

回想起來，好像就是在那個時候，因為想趕在那個人類出發之前行動，卻不小心被同族發現，本大爺情急之下隨口說了句「本大爺去找凱特玩」喵。

「可是因為整天沒睡太累喵，於是本大爺不知不覺蜷在背包裡睡著了。」

當本大爺睡醒、那個人類也發現自己拐帶了本大爺之際，我們已經離開森林好遠了。

什麼大戰三百回合當然是騙人的喵，年幼的本大爺認不出回鄉的路，那個人類也不願意走回去，於是就這麼陰錯陽差的，他成為了本大爺的主人。

……明明已經是多年前的事了，為什麼說起來卻彷彿只是幾天前發生的呢？

主人，對不起。

那才不是什麼貓妖的習俗，純粹只是本大爺沒辦法接受主人死亡而已喵。

本大爺很想讓主人摸摸頭，很想陪伴主人到最後一秒鐘，陪他走完這個名為「人生」的旅程。

可是，本大爺最後選擇一直在街頭流連，丟下蒲公英獨自面對，就像懦夫一樣，主人知道的話一定很失望喵？

不過喵，現在本大爺成功修補了兩族的決裂，也阻止了森林的危機，這次總算沒有丟了主人的面子、成為獨當一面的男子漢了喵。

「蒲公英，妳會想念主人喵？」

本大爺從樹冠的夾縫間望向天空，當初也曾經和主人走在這片景色之中。

真的很想念主人喵。

「……蒲公英？」

為什麼她沒有回話？

「蒲公英，快點回答本大爺喵！」

隨著本大爺停下來站直身子，她從背上滑落。

就像一個普通的人偶，一動不動地擱在地上。

「蒲公英振作點，我們還沒走到終點喵！」

本大爺預想過很多她失去魔力的畫面，最不希望的結局卻在毫無預兆之下發生了。

天上的神喵，至少不要讓她像本大爺那樣帶著遺憾喵！

現實偏偏擺在面前，她背部的魔法陣不知何時變成了黑漆漆的塗鴉——

蒲公英，失去魔力了。

Chapter 06 第六章 承載思念的花兒

最近，我來到一個到處都是楓樹的小鎮，並用沿途存下來的旅費買了一棟小屋，打算在此經營玩偶店。

對啊，我安定下來了。

很不可思議吧？畢竟連我自己也始料未及。

這趟漫長的旅程當中，不乏許多大展鴻圖的機遇，我曾經以為自己往後的際遇會更加多采多姿，沒想到最後卻選擇了這個平淡無奇的小鎮。

為什麼會在這裡定居？我也說不清楚，好像是這裡的楓糖牛奶糖很好吃，也好像是這裡的居民很純樸親切……

又或許是，恰巧我有點累了，累得有點忘記當初旅行的熱誠和初衷。就在這個時候，剛好遇到這個小鎮、這個有點捨不得擦身而過的地方，於是就讓一切順其自然。

玩偶店明天就要開張了，希望一切順利。

雖然我認為，沒有我的祝福，妳也會活得很好，縱使如此，還是請妳容許我在此說聲，祝妳幸福。

風車葉國的艾寶城是座平淡無奇的小城，從灰白色的石板街道展望，盡是米褐色的屋頂、約二至三層高的平房和小屋，然而一到秋天，這小鎮便會變得獨特不已，四周的楓樹染上橘橘紅紅的顏色，遍地紅葉的街道有種獨樹一幟的浪漫。

平淡無奇的小城裡，有一家平淡無奇的玩偶店。

它靜靜屹立在八點半街的轉角，裝潢古舊，很自然地融入街景一隅——說白點就是毫不起眼，即使客人特意前往，稍微不注意的話仍會與它擦身而過。

身為老闆的老爺爺、自稱是稀有魔物的黑貓妖卡拉，還有被喚醒成魔偶的我，一直住在這間有點破舊的玩偶店，平淡地生活著。

那個下午，老爺爺的精神似乎不錯，於是叫我帶來某本他很喜歡的書，一個有關少年離鄉背井的故事。

我一如以往地坐在床沿，翻開書本念出來，可是這次快要到結局時，老爺爺忽然打斷了話。

「卡拉呢？」

我不敢回答。卡拉從昨晚到現在還沒回來，然而老爺爺一下子就猜到了。

「還在生悶氣啊？唔……真是可愛的小傢伙。」

……生悶氣？

「老爺爺，卡拉什麼時候和你吵架了？」

為什麼我不知情呢？

只見老爺爺呵呵地笑了兩聲，他似乎沒有生氣，卻轉了話題：

「妳知道嗎？蒲公英是一種花的名字，它會隨風飛往很遠很遠的地方。」

原來我的名字是一朵會飛翔的花……這是老爺爺第一次跟我解釋名字的由來。

「曾經有個人希望妳像蒲公英一樣，無論離開故鄉多遠，都能陪在我身邊。」

是誰希望我陪伴老爺爺呢？

聽卡拉說，玩偶店開幕之前，老爺爺是個到處流浪的旅人，那麼艾寶城距離老爺爺的故鄉有多遠呢？

「……蒲公英。」

「老爺爺有什麼吩咐？」

「蒲公英的花語，妳知道嗎？」

「對不起，我不知道。」

那是我還沒見過的花朵，因此也不知道它的含意。

我耐心等待老爺爺解釋，他卻似乎累了，重重呼了口氣，連頭也無力轉動，只有眼睛斜望著窗外蔚藍的天空和橘橘黃黃的楓葉。

老爺爺在想什麼呢？

他閉上眼睛前，喃喃念著一個我從來沒聽過的名字。

「……老爺爺？」

老爺爺睡著了。

不知為何我有種預感，老爺爺這次午睡，會睡很久很久。

我就這樣呆坐在老爺爺的床邊直到傍晚，直到卡拉告訴我老爺爺病逝、告訴我什麼是死亡。

可是，到底哪裡出錯了？

跟記憶中有點不同的是，此時我看見一小塊粉色的東西，細細碎碎地飄落到窗台。

是蝴蝶嗎？

看起來不太像。

我靜悄悄地合上書本，躡手躡腳地來到窗邊，雖然老爺爺不會再醒來了，可是我不希望他受到任何騷擾。

為什麼窗外會飄來一片花瓣呢？

是玫瑰花的花瓣？

還是鬱金香的花瓣？

我用右手拾起細看後，不禁疑惑地望出窗戶——

橘橘黃黃的楓樹不見了，取而代之的是一名陌生少女赫然出現在窗外。

少女擁有一頭褐色長髮、深紫色的眼睛，服裝打扮不像是風車葉國的人，一直眉頭緊皺地望向我。

「對不起，老爺爺生病了，玩偶店今天休息……」

不對啊。

話說到一半，我才驚覺有些不對勁。

這裡是玩偶店的閣樓，為什麼會有人在窗外呢？

「為什麼要不辭而別啊……」

少女彷彿沒有聽見我的致歉，不分情由地伸手將我從屋裡抓出來。

等一下，我還要陪老爺爺等卡拉回家啊！

小姐，我不認識妳，請妳放開我好嗎？

——我大聲詢問，可是她好像聽不見……她的確聽不見，無論我如何聲嘶力竭地呼叫，就是沒辦法喊出半點聲音，也沒辦法挪動身體半分。

為什麼我不能說話了？

是不是魔力耗盡了？

可是，眼前的情景又是怎麼回事？

玩偶店外不再是熟悉的艾寶城街道，而是一個我不曾到訪過、看起來有點古樸的村落。

少女小心翼翼地把我放在懷內，彷彿在追趕什麼似的一直跑，長了些雜草的小徑兩旁盡是三角形的小木屋、很多粉色的樹，偶而還能看見一片片翠綠色的稻田。稻田比在風車葉國看過的更廣闊，與蔚藍色的天空連成一線。

小姐，請問妳要帶我去哪裡？

而這裡又是哪裡呢？

拐了個彎，少女跑到一處粉色花瓣不斷飄落的地方，終於停了下來。

不遠處，一位少年背向她姍姍走著。他有著一頭亂糟糟的棕色短髮，還背著一個大得誇張的背包，好像打算離開村落，準備前往很遠的地方旅行。

少女那麼匆忙，會不會是因為這位少年呢？

「等一下──」

聽到她大聲呼叫，少年突然愣在原地不動了。

她總算追上他了。

「蒲公英的花語，你知道嗎？」

她調整了幾下呼吸然後詢問，少年沒有多想便搖搖頭。

老爺爺在午睡前也曾問過我這個問題。

難道少女聽見了我和老爺爺的對話？

少女低頭看了我一眼，難過地嘆了口氣，接著又展開笑容。

「你一定會成為最厲害的魔偶師。」

她將我遞出，從這個角度我只能看到那位表情有點呆滯的少年。

「到時候帶著她回來，我才告訴你花語的意思。」

少年望望她又看看我，小聲說了一句謝謝後，便將我接到手中。

不行，你們不是老爺爺，不可以決定我的新主人是誰——

驀然，眼前的少年開始變化。

年輕的面容漸漸變得成熟、變得憔悴，繼而開始蒼老，皺紋和雀斑也浮現而出，棕色濃密的捲髮褪色，變得稀疏又斑白。

陌生少年在轉眼之間變成了我最熟悉不過的臉龐。

唯獨他的眼睛依舊是恬靜溫柔的碧綠色，從未改變。

這位少年是……老爺爺？

可是，老爺爺不是已經……

他默默將我放在地上，站直身子走遠，我才發現那片不停有花瓣落下的天空，不知什麼時候換成了玩偶店的店面。

在閣樓的窗外看見少女，被少女帶到一個從未見過的村落，再由村落回到玩偶店，過程只是一瞬間的事。

我埋頭苦思卻想不出原因，一切就這樣雜亂無章地發生了。

老舊卻整潔的裝潢和陳列櫃，一針一線所縫製、等待主人到來的手工玩偶，以及擦拭得一塵不染的櫥窗……我跟隨卡拉走過大大小小的城鎮、見識過別國壯麗的風景，然而只有這間平淡無奇的玩偶店，那有點雜亂卻親切的環境，才最令我感到安心。

忽然一隻黑貓從木櫃跳下來，怔怔地看著我——是卡拉！

卡拉一定知道現在是什麼情況！

我奮力想要跑過去，無奈身體就像當時困在火車車廂那樣，沒辦法彈動。

「這樣就可以了喵？」

他戴回頸圈，變回普通黑貓的姿態，在老爺爺面前緊張地繞來繞去。

「不要心急，我還沒施法啊。」

老爺爺看起來似乎有點為難，把卡拉抱到別處，可是沒過多久他又再跑回來幫倒忙。

看著他們與往日無異的互動，我不禁噗嗤一聲笑出來。

可是，我同時又覺得胸口好難過，這是什麼心情？

我到底有多久沒聽到老爺爺敦厚又精神奕奕的聲音了？

老爺爺是我不可能忘記的人。

我以為自己已經將他的一切都深深刻劃在記憶中，彷彿早已成為魔法陣的一部分。可是現在聽著老爺爺和卡拉的對話、看著他的笑容，我才發現這些畫面不知不覺間已變得模糊不清。

我努力想要回憶更多，卻怎麼也想不起來。

然而不經意地做著某些事情，某個片段便會在眼前不受控制地浮現。

好希望回到那個時候。

好希望那段平淡又溫馨的日子可以再長久一點。

「好了卡拉，這次記住，一定要在魔力穩定下來後才可以觸碰蒲公英哦。」

老爺爺取出鑲有水晶的魔杖，原來是在準備替我填充魔力嗎？

「要記住，封印術會吸納魔力為己用……」

卡拉跳上櫃子，喵喵喵地打斷老爺爺的話。

「知道了喵，這次在喚醒她之前，本大爺保證連尾巴也不會擺一下。」

……在喚醒我之前？

仔細回想，這些年來填充魔力的次數屈指可數，因此老爺爺對封印術的運作解釋，我的確是第一次聽見。

怪不得卡拉每次在喚醒魔偶或充填魔力時，總是躲在閣樓或乾脆外出逛街，原來是害怕把老爺爺施放出來的魔力吸走嗎？

這會不會是我被喚醒前的記憶？

「希望她喜歡跟本大爺玩喵。」

「嗯……我只希望她生活得幸福快樂。」

現在他們身處的位置，跟當初我被喚醒後第一眼看到的畫面如出一轍。

老爺爺口中念念有詞，舉起魔杖直直指向我，水晶綻放出金色柔光，覆蓋周遭的一切。

然後，一片粉色花瓣在我的眼前出現了。

它輕輕軟軟，像蝴蝶一樣細細碎碎地飛舞著。

為什麼這個時候又飄來了花瓣呢？

神祕的花瓣即將落在眼前。

我忽然能動了，確確實實地伸出手，將它握在掌心。

「蒲公英！」

——卡拉在呼喚我。

剎那間，光芒消失、玩偶店消失，老爺爺和黑貓卡拉也統統杳然無蹤。

此刻映入眼簾的，是一片澄明的藍天，還有自己高高舉起、握成拳頭的左手。

我似乎平躺在地上。

「蒲公英醒來了喵？」

卡拉的聲音從右邊傳來。

我緩緩扭動頭部，除了看見自己空蕩蕩的右肩膀，還有一位有點像人又有點像貓的小男孩坐在旁邊，眼眶和鼻子紅通通的，一臉擔心地看著我。

「……卡拉？」

嗯，雖然是貓妖形態，不過的確是卡拉沒錯。

「太好了喵，妳總算醒來了喵！」

這到底是怎麼回事？

「卡拉，什麼事令你如此高興呢？」

他撲在我身上不停磨蹭，喉嚨還發出了咕嚕咕嚕的聲音。

「對了，剛才好奇怪哦。」

他似乎還沒打算回答，我只好摸摸他的頭，反過來迫不及待告訴他剛才我看見了……

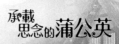

……嗯？

剛才我看見了什麼？

「我好像……做了個夢？」

當我張開眼睛後，所有東西便消失不見了，記都記不住，那會不會就是人們口中所說的夢境？

「喵嗚？」

卡拉驚訝地望著我，咕嚕聲也立刻停止。

咦，他的頭頂黏住了什麼——

「卡拉，這片是什麼花瓣？」

「是櫻花喵。」

……櫻花？

這……不就是老爺爺信裡提及的——

卡拉從我身上挪開，拉著我坐好。

放眼所見，這裡是一座氛圍純樸的村落。

兩旁長了些雜草的小徑、用稻草搭建的三角形屋頂、如童話繪本裡的小木屋，還有一棵比其他樹來得茁壯、開滿淺粉紅色櫻花的大樹，屹立於這座古老村落前。

微風吹拂著這個地方，片片粉色花瓣如雨飄落，也像雪般紛飛。
老爺爺，村口的大樹最後沒有被砍下來。
要是失去這個美麗得宛如仙境的畫面，村落的居民大概也會感到惋惜吧？
此刻就如老爺爺的信裡所描述，櫻花樹下站著一名長髮少女，她好像跟我們一樣，陶醉在這片景色之中，伸手接下翩然的花瓣。
眼前的一切到底是現實還是夢境？
是她嗎？
卡拉和我一直要找的那個人，會是她嗎？
「請問，妳是迪雅小姐嗎？」
原本仰望著櫻樹的少女愣住，四處張望了良久，才發現矮小的我。
可是為什麼她像是嚇壞了似的後退數步？
「對不起喵，雖然本大爺是魔物，但沒有惡意，我們只是來找個舊朋友喵。」
話畢，卡拉在地上翻出肚子打滾，這是貓咪善意的證明。
嗚……卡拉說得對。
一隻純種又稀有的黑貓妖，再配上一個沒有右手、左眼又髒兮兮的魔偶，我們的外表的確很嚇人。

少女一直不知所措地托弄眼鏡。猶疑了好一會兒，她彷彿下定了什麼決心，終於主動靠來。

她點點頭，小聲地說：

「對，我是迪雅。」

漫長的旅程結束了。

要是在此時耗盡魔力也無所謂了。

老爺爺，卡拉和我終於找到迪雅小姐——

咦，迪雅小姐怎麼忽然哭喪著臉？

「因此請你們務必幫我一個忙！」

還來不及感動，便見她雙手合十、眼泛淚光地向卡拉和我求救。

究竟是怎麼回事？

我們看著跪坐在面前的迪雅小姐，不禁面面相覷。

一切如同老爺爺信內所描述的那樣發生了——

「貓妖喜歡喝牛奶嗎？」

迪雅小姐端來一杯牛奶，小聲地問著卡拉。

在櫻花樹下，迪雅小姐希望卡拉和我幫她一個忙，然而當我詢問有什麼能幫上忙的地方時，她卻驚惶失措、說不出話來。最後在卡拉的提議之下，她邀請我們到她家中作客。

卡拉看著桌子上那杯熱騰騰冒煙的牛奶，貓瞳變得銳利，耳朵也向後翻了。

「不、不喜歡嗎……」

迪雅小姐立刻坐立不安，似乎想著要不要再拿別的東西招呼我們。

「迪雅小姐，謝謝妳，卡拉只是沒辦法喝太熱的東西而已。」

經我稍微解釋後，坐在對面的迪雅小姐才恍然想起貓舌怕燙這回事。

迪雅小姐為什麼總是緊張兮兮的？是不是我們的外表太可怕？

不過，其實我也是，要是我體內有零件的話，大概早就緊緊扭成一團了。

我很想趕快把老爺爺的信讀出來，可是這樣做會不會很唐突？

而且，她還記得老爺爺嗎？

「好了喵，本大爺要問妳……」

卡拉跳上桌子，打算詢問迪雅小姐什麼，說到一半卻忽然停下來，圓圓的貓瞳盯著窗前轉圈的紙風車，貓鬚也向前了。

「卡拉，不可以！」

我連忙拉住卡拉的尾巴。不知道是我失去了一隻手的緣故，還是卡拉不再是小小的一隻，明明已經很用力了，可是我依然拉不住他。

迪雅小姐似乎很喜歡摺紙，木屋內充滿著色彩繽紛的紙藝品，從動物、昆蟲、植物，到小抽屜、小盒子、小籃子都有，而且做工相當精細。

雖然只是紙製品，但感覺不比製作玩偶簡單，原來迪雅小姐不僅是坐在老爺爺身邊、看著他研究魔偶術，她同樣也擁有一雙巧手，讓沉實純樸的小木屋變成紙藝樂園。

「嗚……」

她忽然哽咽了起來，卡拉和我瞬間停下動作，只見迪雅小姐不知什麼時候抽抽噎噎地哭了。

「對不起，失禮了！」

她慌慌張張地脫下眼鏡，反覆擦拭眼睛，然而豆大的淚珠還是不停落下。

「迪雅小姐，對不起，卡拉把妳的作品弄壞了。」

卡拉似乎也知道自己做錯事，總算乖乖坐好，尾巴卻十分倔強似的用力揮舞著。

「不、不是這樣，不要誤會！」

迪雅小姐聽見我的道歉，表現得更慌張了。

「我只是……沒想到蒲公英真的會回來……總覺得好像做夢一樣。」

我也是，沒想到那麼輕易便遇見迪雅小姐——

咦……好像有哪裡不對？

明明卡拉和我不久之前還在火薔薇國裡的貓妖故鄉，為什麼一瞬間會來到墨櫻桃國？

莫非我真的在做夢嗎？

不行，我怎麼想也想不通，實在太奇怪了。

「喵，為什麼妳知道蒲公英的名字？」

我正想詢問卡拉，他卻搶先向迪雅小姐提出另一個疑問。

對啊，我們還沒自我介紹，為什麼她知道我的名字？

「我記得……不，應該說……因為她是我、我親手製作的玩偶啊。」

迪雅小姐的頭垂得低低的，一邊把玩著眼鏡，一邊結結巴巴地提起一段卡拉和我不曾聽聞的往事。

「那天萊恩決定離開村落，為了魔偶術而前往其他國家和城市深造，是、是我趕到村口，在櫻花樹下將妳交到他手中，還希望他能研究出最厲害的魔偶術。」

好像有什麼敲響了，無聲地在體內迴盪著。

原來我不是老爺爺親手製作的玩偶，而是迪雅小姐送給他的定情信物。

也就是說，旅程展開的第一天，我就已經待在老爺爺身邊，跟他和卡拉經歷過無數冒險，最後一起在艾寶城定居嗎？

明明身在其中卻毫無記憶，我真希望那段日子自己早已被喚醒成魔偶，這樣就能擁有更多一起的回憶了。

「當年妳在村口送別的情景，本大爺至今還歷歷在目喵。」

「咦咦……對、對啊，很難忘呢！」

「我們畢竟離開故鄉很久了，迪雅還記得主人年輕時的模樣喵？」

「唔……他的頭髮總是亂七八糟，衣服都隨便穿搭，是個不太會照顧自己的人。」

卡拉和迪雅小姐不約而同懷念起來，有一句沒一句地聊著往事。

太好了，她還記得很多關於老爺爺的事情……

只是，接踵而至的消息，說不定會令她傷心吧？

雖然是令人沮喪的惡耗，可是不知為何，我仍然希望迪雅小姐知道。

「迪雅小姐，這次卡拉和我回來，是因為老爺爺已經病逝了。」

「是、是嗎……」

原本和卡拉相談甚歡的迪雅小姐好像洩了氣的氣球，繃緊的神情鬆懈下來。她欲言又止了幾次，最後低頭沉默。

卡拉也不說話了，木屋內霎時只剩下風車轉動的聲響。

迪雅小姐大概有很多話想告訴老爺爺吧？

多年不見，終於等到熟悉的魔偶回來了，可惜老爺爺卻沒辦法回來。

迪雅小姐說不定很失望。

「卡拉和我在整理玩偶店的東西時，找到一封給迪雅小姐的信。」

或許老爺爺的信能給她一點安慰……

遺憾的是，因為我的失誤，現在連信件也糊成一團了。

「給、給我的信？」

「卡拉，現在念給迪雅小姐聽好嗎？」

「不，這樣的話……似乎——」

然而不等卡拉回答，迪雅小姐立刻搖頭拒絕，支支吾吾地說不出原因。

是需要多一點時間平復失落的情緒嗎？

還是不敢相信老爺爺去世的消息，不願聆聽呢？

在我疑惑不已之際，卡拉忽然嘆了口氣：

「妳之前說有什麼事想要我們幫忙喵？」

啊，對耶！

迪雅小姐好像深怕錯過時機似的，拚命點頭。

「有點東西我想送給……嗯……一個人。」

她戴回眼鏡，走到木櫃前取出一束精美的紙摺櫻花。

「距離不遠，只是稻田前那間木屋而已。要是你們願意的話……」

她急急忙忙補上這句，不知為什麼愈說愈小聲，臉頰也紅了起來。

我隨著迪雅小姐的視線望出窗外，外面有條小徑，小徑旁邊是一片綠油油的稻田，田的盡頭有間木屋。

誠如她所說的，一點也不遠，如果以風車葉國來做對比，這根本只是隔壁的距離而已。

「既然那麼近，為什麼妳自己不去喵？」

聰明的卡拉立刻提出我內心的疑問。

「因為……這個……就是說——」

迪雅小姐的臉頰一下子紅得像楓葉，手足無措的，似乎不知該如何解釋。

「收花者該不會是喜歡的人喵？太害羞沒辦法親手送給他喵？」

卡拉，不要亂猜，迪雅小姐怎麼可能喜歡別人——

但回想起來，信裡自始至終從未提及迪雅小姐喜歡老爺爺。

迪雅小姐好像被什麼釘住了，本來不知該放在何處的手腳忽然垂了下來。

不只臉頰，她連耳根都紅了，動作生硬地點點頭。

老爺爺喜歡迪雅小姐、迪雅小姐卻喜歡別人……愛情原來不是只像鹿妹妹和泰迪熊先生，簡簡單單愛慕著彼此，還會有這種複雜的情況嗎？

「迪雅小姐不喜歡老爺爺嗎？」

要是這樣的話，老爺爺大概會很傷心吧。

「不……只是……當年我們這個村子距離自由戀愛仍然很遙遠……」

迪雅小姐小聲地說，臉上的紅暈漸漸退去。

「喵，妳請求我們做這種事，會不會太沒道理了喵？」

卡拉說得對，要是這麼做，我們就像踐踏了老爺爺的心意，把迪雅小姐交到別人手裡。

「的確，這樣會委屈了你們和萊恩先生……」

她反覆托弄著眼鏡，表情好像有點困擾、有點為難。

如果是老爺爺呢？

這個時候，他會怎麼決定？

「卡拉，什麼是幸福？」

話畢，卡拉和迪雅小姐不約而同地望向我，眼睛和貓瞳睜得大大的，好像很驚訝的樣子。

「在信裡，老爺爺希望迪雅小姐幸福，可是，什麼是幸福？」

「喵，本大爺想想……」

卡拉眉頭緊皺，雙爪環胸，閉上眼睛苦思。

「幸福嗎……」

連迪雅小姐也托著腮喃喃自語，露出十分苦惱的表情。

我是不是問了個很難回答的問題？

「大概就是很快樂喵？」

「好像比快樂還要更高層次？」

他們默想了良久，得出了這個結論。

幸福就是快樂嗎？

那我明白了。

「迪雅小姐，沒關係，請讓卡拉和我來幫忙吧。」

「可是……實在是我橫蠻無理在先──」

「對喵！我們根本就不用理她──」

「卡拉，我希望迪雅小姐幸福。」

迪雅小姐不能回應老爺爺的心意，他大概已經很失望了，如果迪雅小姐還不能因此生活得幸福，老爺爺說不定會更難過。

我不想讓老爺爺難過。

所以，只要是能讓迪雅小姐幸福的事，我都想盡力照辦。

卡拉盯著我良久，尾巴擺了又擺，最後重重嘆了口氣：

「只要把花交到那人手上就可以了喵？」

這樣算是答應了嗎？

迪雅小姐愣住了，豆大的眼淚忽然湧現。

「放在他們前也可以……總之……謝謝你們……拜託了！」

她雙手按著心房，向我們深深鞠躬。

「蒲公英，出發了喵。」

卡拉抓起那束紙櫻花，等待我在他的背上坐好後，便快步奪門而出。

老爺爺的故鄉，是一個和艾寶城完全不同的小村落。

卡拉背著我走在泥黃色的小徑上，兩旁綠油油的稻田比他還要高，偶然幾片櫻花花瓣隨風飄來，撲入柔柔招手的稻葉之中。

「卡拉，我們為什麼會來到墨櫻桃國？」

看著幾乎一望無際的田野，我總算有機會問卡拉了。

「不是因為要找迪雅喵？」

卡拉似乎誤會我的意思了。

「不，我是在疑惑，我們好像才剛剛離開貓妖的故鄉，為什麼轉眼之間就來到墨櫻桃國了？」

這次卡拉總算理解了，恍然大悟地喵了一聲。

「因為這是最後一次機會了喵，本大爺來到墨櫻桃國才替妳充填魔力，所以妳對那段時間沒印象喵。」

最後一次機會？

充填魔力？

這次換我不能理解了。

「卡拉，我不明白……啊！」

卡拉倏然煞停，急急轉了個彎爬到路旁的櫻樹上。

怎麼了？

「喵，我們到了。」

由迪雅小姐的家出發，到達這間小木屋所需的時間，甚至不夠讓卡拉和我聊完一個話題。

通往這間木屋的大路上，跟迪雅小姐的衣著風格有幾分相似的人們陸陸續續到來。他們捧著包裝得像賀禮一樣的東西，興高采烈地走進房子裡。

「這下麻煩了，本大爺可沒聽說過這裡在開派對喵！」

卡拉好像有點生氣，我才發現小屋掛著不少彩帶和裝飾，看起來喜氣洋洋。

「卡拉，他們開派對有什麼問題嗎？」

我們只要找出收花者就可以了，不是嗎？

「不是所有人類都懂得欣賞本大爺這種稀有魔物喵，人太多瞳術很難施展，要是有人以為本大爺是來搗亂的、把我們抓起來就麻煩了喵。」

這樣啊……還有什麼方法可以偷偷靠近，不讓人發現呢？

「卡拉，戴上頸圈會不會方便一點？」

戴著頸圈變回隨處可見的黑貓，這樣就不會有人類感到奇怪了。

「已經沒有那種東西了喵。」

咦？

我正想追問，卡拉看著人群，忽然低沉地喵了一聲。

「那個女的沒有告訴本大爺那男生長什麼模樣！」

說起來，迪雅小姐似乎真的沒提及過她心儀對象的特徵。

現在怎麼辦？

即使成功跑進木屋，可是裡頭那麼多人，誰才是迪雅小姐要找的那位先生？

雖然迪雅小姐說過放在屋門前也可以，不過那兒人來人往，我們也沒辦法過去。

「卡拉，如果把花束放在窗台可以嗎？」

我環視整間小木屋，尖尖的屋頂有一扇應該是閣樓的窗戶敞開，房間似乎沒人在。

「喵，也只好試試了。」

卡拉選了個沒什麼村民路過的時機，在樹幹上奔跑起來，一鼓作氣躍進了閣樓，動作俐落，沒發出半點聲響。

閣樓的房間看起來是製作彩帶和裝飾的地方，零碎的材料還有工具尚未收拾整齊，桌子也凌亂不堪，要是再放點什麼在上面，恰恰維持平衡的雜物便可能傾瀉一地。

更可惜的是，這扇窗沒有可供放置物品的窗台。

「那就放在房門口好了喵。」

卡拉，這真是個不錯的主意！

「真搞不懂為什麼本大爺要像小偷一樣，做這種肉麻的事……喵嗚？」

他小心翼翼避開可能會碰跌並發出聲響的東西，卻突然在房間中央停下來。

「卡拉，怎麼了？」

他在原地反覆蹬踢後腿，我索性爬下來查看，原來他的後腿被一張沾滿漿糊的紙黏住了。

「喵喵喵——黏答答好噁心喵——」

一下子黏在前爪、一下子耳朵、一下子尾巴……他緊張又厭惡地猛力亂甩，可惜就是甩不掉那張紙。

「卡拉，冷靜點……」

以他現在的貓妖形態，要是不好好靜下來的話，我也沒辦法好好抓住他，幫忙撕掉。

砰、咚、砰鏘鏘！

卡拉好像沒有聽見我說的話，最後連花束也丟到一旁，忘我地跟紙搏鬥。

他滾到哪裡，響亮的聲音就傳到哪裡，雜物都塌下來了，這樣下去我們會被人類發現啊！

我挪開凌亂不堪的雜物，只見紙黏在卡拉肚子上，他有氣無力地塞在房間的角落，拚命用爪子一小角一小角地刮出來。

平時動作俐落的卡拉，怎麼現在變得這麼小心翼翼呢？

「卡拉，我來替你拔走它吧。」

我抓住紙張掀起的一角，用力將它撕下來——

「喵喵喵嗚嗚嗚嗚嗚——」

紙撕下來的一刻，卡拉發出了悲鳴。

他抱著肚子蜷縮成一團，我望望手中握住的那塊小小紙張，上面黏住了不少黑色的貓毛。

「對不起！」

原來撕下紙，卡拉會痛嗎？

「雜物房好像有奇怪的聲音？」

「是小偷嗎？」

「不會吧？我看只是窗戶沒關好而已。」

糟了，房門外傳來了漸趨漸近的腳步聲和交談聲！

「糟了，一不留神就……快逃喵！」

卡拉總算回過神來，抱著我全力跑向窗戶。

「可是花束……」

閣樓因為一張紙而變得慘不忍睹，甚至已經找不出迪雅小姐的櫻花花束擱在哪裡。

「他們收拾的時候就會看見了喵！」

他二話不說，馬上躍出窗外——

我們並沒有如預想中般俐落地回到樹上。

卡拉好像被什麼絆了一絆，櫻樹霎眼從眼前消失，換成一扇倒轉的大門。

我從他的懷中滑出，掉在地上。

卡拉就以這個倒吊的姿態，出現在一眾村民面前——

「啊啊啊啊——」

「有魔物出現啦！」

「那個娃娃好可怕——」

果然如卡拉所說的，原本熱鬧的人群立刻陷入了恐慌。

「對不起，請不要誤會——」

我嘗試向村民解釋，他們卻驚慌失措、一哄而散。

「可惡喵——」

原來卡拉的腳遭閣樓的彩帶纏住了！

他利爪一揮，輕易割斷七彩顏色的帶條，降落到地上重新將我抱起。與此同時，拿著各種工具的男性村民們將我們團團包圍。

「嘶……」

卡拉將我緊緊擁入懷中，發出非常憤怒的低鳴，弓起身子與人們互相對峙。

「卡拉，不要生氣，我們要好好解釋！」

可是現在這個危急關頭，無論是卡拉還是村民，似乎沒有一方願意冷靜下來。

這樣下去卡拉會受傷的，該怎麼辦——

「不……他們不是來搗亂的！」

此時一道柔弱的聲音從人群後方響起，迪雅小姐隨即擠了出來。

「他們是我的朋友，請不要害怕！」

她混在人群中，我才發現原來她的個子小小的。

迪雅小姐一如以往含著淚水小聲地說話，雖然她的身體發抖得宛如小鹿，不過這番話仍然很有說服力。正要舉起斧頭砍下來的叔叔馬上放下手，將武器擱在一旁。

「迪雅小姐為什麼會在這裡？」

她說過因為太害羞，所以沒辦法親手將禮物送給喜歡的人，為什麼會跑來呢？

「我想起忘了告訴你們收花人的資料，萬一你們被攔下來問話……」

因此，縱使原因有點不同，但結果她還是趕過來了。

「他們是迪雅的朋友嗎？」

溫婉的男聲響起，人群甚有默契地讓出一條通道。

一名個子高高的、看起來比迪雅小姐年長些許的男生走近，微笑地詢問。他還牽著一名身穿紅色禮服和頭紗的女生，女生不時看著我們，表情有點害怕，剛才卡拉和我突然現身的事情似乎令她心有餘悸。

迪雅小姐抬頭看著男生不到兩秒，便急急低下頭來默默頷首，臉紅得像個蘋果。

「你們也想參加我的結婚派對嗎？」

這次他主動蹲下來詢問我們，卡拉立刻躍後了幾步，似乎執意要與這裡的人們保持距離。

「先生，恭喜新婚快樂，不過我們只是替迪雅小姐送花給——」

說到一半，迪雅小姐立刻打斷我說的話。

「呃、嗯、對啊，我們、送花來祝賀！」

可是，環視一人一貓一魔偶，五隻手空空如也。

「先生，我們原本不想嚇壞大家，所以把花束藏在閣樓了。」

這個時候，閣樓傳來了叫喚聲，只見剛才走到閣樓查看的兩名女生俯視著樓下的村民。

「是這束嗎？那麼精美，一看就知道是迪雅的傑作！」

她們把粉色的紙摺花束拋下，恰恰落在迪雅小姐手中。

迪雅小姐低頭呆望花束，緋紅的臉上沒有一絲笑容，我甚至覺得她好像在強忍什麼，不容許自己逃避似的。

這個表情，為什麼我有點印象，好像在哪裡見過……

咦，不對——為什麼花束變成賀禮了？

迪雅小姐深呼吸了一下，雙手伸出，一鼓作氣將紙櫻花筆直地遞出去。

「祝你們白頭偕老！」

新郎接過賀禮，珍而重之地交給新娘。她輕托著紙花仔細欣賞後，愉快道謝。

「謝謝迪雅，這是今天收過最可愛的祝福了。」

新郎也一臉高興地摸摸迪雅小姐的頭，就像老爺爺誇讚卡拉一樣。

「我們村裡的迪雅小妹手藝非凡，長大後一定會嫁個好丈夫的！」

村民哄堂大笑，氣氛總算恢復歡樂熱鬧。

然而溫馴如小鹿般、乖乖把頭垂得低低的、由新郎安撫的迪雅小姐，是在一眾笑臉當中，唯一不停落淚的人。

迪雅小姐說過，這束紙摺櫻花是送給喜歡的人，為什麼最後卻變成一對新人的賀禮呢？

是不是卡拉和我闖禍了，於是她只好用這個方法來為我們脫困？

這樣的話，我們豈不是糟蹋了她的心意嗎？

我……是不是令迪雅小姐不幸福了？

向新郎新娘再三道賀又道別後，卡拉和我隨著迪雅小姐姍姍走在稻田間。她眼鏡下那雙有點紅腫的眼睛充滿心事，看似專注地凝望面前的小徑，內心卻想著別的事情。

或許是我多想了，不過她現在的眼神跟那個下午的老爺爺如出一轍——凝望窗外的楓樹，心卻彷彿不在玩偶店、不在艾寶城，而是飄到更遙遠的地方。

「迪雅小姐，對不起。」

我終於忍不住跑上前對她深深鞠躬。

「咦，怎麼忽然道歉了？」

她回過神來，一臉驚訝地看著我。

「因為我們闖禍，讓迪雅小姐犧牲了，明明那是很重要的定情信物……」

接下來，讀信的部分只好再延遲了，首先要協助迪雅小姐製作新的花束——

「不、不是定情信物——不過……的確是要送給新郎沒錯……」

迪雅小姐極力否認，說到最後那句，她漸漸哽咽起來。

她曾經害羞地承認，花束是送給喜歡的男生，現在卻又說送花對象確實是即將舉行婚禮的準新郎。

「所以……新郎就是迪雅小姐喜歡的人嗎？」

我現在才感受到，愛情原來比我當初認知的還要複雜許多。

「他並不知道這件事，才會如此從容地祝福我找到好丈夫啊……」

迪雅小姐笑著說，可是她的笑容看起來很悲傷。

「總之，本大爺這趟快遞任務成功了喵？」

卡拉忽然打斷了話題，語氣充滿了不耐煩，嚇得迪雅小姐慌張起來，連連點頭。

「那妳快說，真正的迪雅在哪裡？」

……真正的迪雅小姐？

卡拉在說什麼？

「一開始本大爺也不以為意，但仔細想想，主人已經滿頭白髮還老死了，迪雅怎麼可能仍然是少女喵？」

卡拉說的話像是鎚子，狠狠朝我頭頂敲下來。

「主人是在旅行途中才遇到本大爺的，妳說妳難忘什麼喵？」

雖然曾經在老爺爺身上體驗到，可是身為魔偶的我對「生老病死」這個概念還是很薄弱，卡拉發現的事我全然沒有察覺。

對啊，為什麼迪雅小姐仍然很年輕？

不過……這樣不是更矛盾嗎？

「卡拉，可是她知道老爺爺的事啊？」

我們沒有告訴她任何事情，她也能準確說出我的名字、老爺爺的名字、他不太會照顧自己這個缺點，還有信件裡稍微提及過的往事。

如果她不是迪雅小姐，為什麼那麼清楚？

我望向迪雅小姐，希望可以從她口中得到一點答案。只見她抿著嘴巴，反覆托弄著眼鏡，視線游移不定，彷彿在思考什麼。

「我……的確是迪雅沒錯，剛才……你們也聽到……村民也是這樣稱呼我啊。」

迪雅小姐結結巴巴地解釋，回想一下，她說的話沒有錯。

「很感激你們千里遙遙為……萊恩送信，現在……可以念給我聽嗎？」

卡拉聽罷，沉默良久，深深嘆了口氣。

「蒲公英，轉過身去喵。」

為什麼忽然要我轉身？

為什麼眼前的一切好像超越了我的思考能力範圍？

望向卡拉，我從來沒有見過他露出像現在那麼疲累的神情。他一言不發地看著我，似乎已經懶得解釋，只想等待我隨他的吩咐照辦。

那我也只好按捺住所有疑惑，轉個身去。

「魔偶術妳應該略知一二喵？」

「就是釋放魔力作為活動能力的魔法。」

「蒲公英背上的魔法陣，是什麼顏色喵？」

「好像是黑色的……嗯……深灰才對？」

黃色的小徑、綠色的稻田、藍色的天空，好像永無止境地向前延伸。背後傳來了卡拉和迪雅小姐的問答，概括地把我的狀況描述出來。

原來我的魔力快要耗盡了。

「當魔法陣完全變成黑色時，蒲公英便會變回一個不能跑、不能跳，更不會說話和思考的普通娃娃，需要重新填充魔力才能活動喵。」

「可是——」

「對喵……唯一能夠替她填充魔力的主人已經不在了喵。」

我、鹿妹妹，還有其他被客人買走、居住在不同角落、由老爺爺親手製作的魔偶們，在老爺爺病逝的那刻起，我們的命運也就此注定。

當我正以為卡拉會一直解釋魔偶術時，他忽然提及了一件我渾然不知，卻發生在我身上的事情——

「而且在這趟送信旅途中，蒲公英已經失去魔力一次喵。」

已經在途中耗盡魔力？

卡拉說的話在我體內瘋狂迴響著。

我努力回想，只記得跟凱特道別後，問了卡拉為什麼會和老爺爺一起旅行。但他沒有回答，然後我們瞬間來到墨櫻桃國，更馬上遇見迪雅小姐。

難道——在問完問題後沒多久，我就失去魔力了？

「可是，不對！」

我再也忍不住回頭詢問卡拉。

「耗盡魔力的我，為什麼還會站在這裡聽你們交談呢？」

倏地，我現在才發現卡拉不知何時戴回了頸圈。

那塊月光石飾物碎裂了，失去了神祕的光澤，變得與一塊石頭無異。

因此當我提議卡拉變回黑貓潛入民居時，他說已經沒有那種東西，原來封印術早就失效了。

「原本我還希望蒲公英能『長命』一點，可是喵……」

卡拉湊近。明明現在體型比我大多了，他卻仍硬要鑽進我的臂彎撒嬌。

「本大爺將水晶砸碎，才發現自己根本控制不住那股強大的魔力，無論再怎麼嘗試，最後都只能將魔力填充到這個程度而已。」

卡拉背著我，獨自踏上餘下的旅程。

沿途他遇見什麼，無論是悲傷的事，還是快樂的事，我都像是一個普通的娃娃，睜著眼睛卻看不見，沒辦法和他分享、沒辦法和他分擔。

他拚命嘗試替我填充魔力，那無數次的失敗到底令卡拉有多沮喪？

究竟要沮喪到什麼程度，才會讓他在看到我重新被喚醒時，高興得快要哭出來了？

「蒲公英快要倒下，她沒時間、也沒第二次奇蹟了喵。」

卡拉沒有使用瞳術來魅惑迪雅小姐，而是走到她腳邊輕輕磨蹭，用尾巴纏在她腳踝。這個動作，他除了老爺爺和我之外，不曾對其他人這麼做過。

「本大爺認為妳還算是個善良的人類，求妳坦白喵，真正的迪雅在哪裡？」

是謊言嗎？

老爺爺說過，謊言是世上最令人失望的存在，它會破壞人與人之間的信任。

眼前這位少女真的如卡拉所言，說謊了嗎？

「『迪雅小姐』，迪雅小姐對老爺爺而言是獨一無二的人，沒有人可以代替她。」

既然她是人類，一定也知道謊話會傷害別人，為什麼她要這樣做？

「所以，懇請妳把真相告訴卡拉和我吧。」

「……我的確叫迪雅，全名是迪雅．米德姆。」

迪雅小姐停止托弄眼鏡，將發抖的雙手交疊在心房上。

「不過，你們找的人應該是迪雅．史泰福。」

米德姆？史泰福？

在我還沒來得及思考兩者有什麼分別時，她立刻補充了一句——

「她是我的奶奶，她的初戀情人是你們的主人，萊恩．貝爾默。」

「蒲公英的故事，我早就耳熟能詳了。」

迪雅小姐告訴卡拉和我，我們要找的收信人不住在村裡。

她帶著我們穿過稻田、跨過小溪、沿著一條通向郊野的小徑，出發去探望真正的迪雅小姐——應該說是迪雅奶奶才對。

「奶奶在我還小的時候，經常一邊縫製人偶的衣服，一邊和家人講述她和萊恩先生年輕時的故事，也常常渴望蒲公英某天會成為魔偶回到故鄉。」

迪雅小姐走在前方，雖然聲音依然偏小，可是她說話不再結結巴巴，聽起來像是有種鬆了一口氣的感覺，把所知道的一切娓娓道來。

「第一眼看到妳，我就知道妳是那個娃娃了，妳真的和奶奶描述的一模一樣……對我而言就像一個古老的童話故事，忽然一切都成真了。」

聽到她的描述，我彷彿能想像出在一間三角屋頂的小木屋裡，有位老奶奶坐在搖椅上做著針黹細活，微笑地談及年輕時的一段愛情故事。而她的小孫女則把彩色繽紛的紙撒滿一地，手裡摺著紙花，同時幻想著老爺爺和我旅行至何方。

迪雅奶奶沒有忘記老爺爺，還把他們的故事流傳下來，實在太好了。

卡拉把我放在肩膀上，一直跟隨迪雅小姐穿越了森林。我們來到一個小山坡，這裡的草只長到卡拉的小腿，還長滿黃色小菊以及不知名的白色花朵。

微風柔柔吹來，地上的白色小花忽然變成了雪，在晴空下漫天飛舞。

「卡拉，為什麼花朵會變成雪？」

「它們不是雪，是跟妳相同名字的花——蒲公英喵！」

蒲公英會隨風飛到很遠很遠的地方。

迪雅奶奶將我取名為蒲公英，希望我會如這些花朵一樣，無論走了多遠，都能伴隨在外飄泊的老爺爺。

原來我的名字蘊藏著如此深遠的含意。

「卡拉，我好像喜歡上蒲公英了。」

「……本大爺也是喵。」

遙遙望向小山坡，綠油油點綴著點點黃和白的草原上，不遠處屹立著一塊長方形的石碑，標示著這片土地下有誰在此長眠。

「奶奶，蒲公英回來了，萊恩先生果然沒辜負妳的期望啊。」

迪雅小姐在石碑前跪坐下來，溫柔地撫著石碑上雕刻的名字——

迪雅．史泰福．米德姆。

老爺爺的收信人也如他一樣沉睡了，永遠不會再醒來。

「對不起，因為那時候我猶豫不決，才會冒認奶奶，希望你們願意幫助我。後來仍然繼續說謊，是因為看到蒲公英髒兮兮，不少零件也搞丟了。」

迪雅小姐不停仰望天空和抽鼻，很努力地不讓眼淚掉下來。

「一隻小貓妖和一個五顆蘋果高的魔偶，想必來到這裡之前一定吃了不少苦頭，我擔心……要是……最後還得面對這種結局的話……」

雖然她說謊了，可是知悉原因後，我仍然認為她是個善良的女孩。

現在恰如她擔心的情況，我看著不會說話也不會微笑的墓碑，有點不知該如何面對。

「卡拉……我們這趟旅程，是不是白費心機？」

信糊掉了。

連收信人也去世了。

我們跋山涉水回到老爺爺的故鄉，希望替他傳遞心意，最後卻一事無成。

「信的確沒有送到，可是我們的旅程沒有白費喵。」

卡拉擺擺尾巴，用側臉磨蹭著坐在他肩膀的我，精神奕奕地回答。

「主人希望迪雅過得幸福，迪雅則希望蒲公英以魔偶身分回來。我們見證、也辦到了他們的遺願，不是喵？」

我們最初的目的只是送信，最後卻在不經意間，圓滿了他們的遺願。

雖然我也和卡拉展開了一段漫長的旅程，至今我卻仍無法像他一樣，面對任何難題都能找到令人刮目相看的答案。

「現在就是本大爺答應妳的讀信時間喵。」

卡拉把我放在石碑旁坐好，迪雅小姐也換了個坐姿，細細聆聽著。

其實這次特意來信，並不單是交代這些有的沒的。

我想，是時候向妳坦誠，同樣也該為自己的糊塗畫上一個句點。

年輕時我從沒花太多心思經營身邊的一切，我總以為不論是生活還是妳，都會永遠維持這個樣子。我以為妳永遠都會托著腮，微笑細聽妳根本不了解的魔法，我以為只要抬頭望向工作桌的右端，就能看見妳。

可是最後我發現，什麼都不了解的人其實是我。

那時我一直專注研究，妄想某天能創造出與真人無異的魔偶。我甚至不曾好好向妳道別就展開旅程，深怕就此錯過什麼。

結果我真的錯過了，錯過了很多重要的東西。

我走到和妳相距很遠的地方，才發現妳原來從沒離開我半步。由我意識到的那刻起，原來妳的存在早已滲透在生活裡的每時每刻。

不論何時何地，與妳一起的時光總像一本厚厚的舊畫冊，一幕一幕，高速地翻掀著。

我曾經逃避，最後卻無法視而不見，也沒辦法將這份感覺轉移到別人身上。

我想知道，是什麼原因令我如此難以忘懷，每天恨不得張開眼睛便已回到妳身邊。後來輾轉之間擁有了很多不同的際遇，懵懂的我總算找到答案——

我喜歡妳。

花了接近半生去理解這份感情，直到今天我才明白什麼是愛情，遲鈍如此，真是活該。

對不起，這告白似乎晚了點，也自私了點，不過我仍然想告訴妳。

我想告訴妳，這份心情從很久以前……自與妳邂逅的那秒鐘，便一直一直在心底蘊釀。

至今未變。

友　萊恩．貝爾默

秋末

卡拉順利朗讀出信件的前半段，可是一念到最重要的部分，他的耳朵立刻向後翻，貓鬚向前，連尾巴也變得蓬鬆鬆的，好像經歷著旅程以來最艱辛的挑戰。

縱使他朗讀得如此煎熬，迪雅小姐依然聽得淚流滿面。

「奶奶，聽到了嗎？萊恩先生果然喜歡妳啊。」

迪雅小姐抹抹眼鏡下的淚珠，破涕為笑。

「謝謝你們替這個愛情故事補上一個非常浪漫的結局。」

回顧完老爺爺的信件，我驀然想起了一個疑問。

「迪雅小姐，我不明白，為什麼老爺爺和妳都不把心意告訴那位心儀的人？」

老爺爺明明可以寄出信件，迪雅小姐明明可以告白，可是他們最終都沒有。

為什麼不告訴對方呢？

為什麼他們不像泰迪熊先生，把愛大聲說出來？

「我不知道萊恩先生的想法是不是跟我一樣，而我自己——只是選擇放手而已。」

迪雅小姐遙望山坡下的村落，幽幽嘆了口氣，彷彿在想像婚禮正舉行得有多熱鬧。

「有些時候、有些事，我們唯一能做的只有放手，然後把這份感情轉化為思念，並放在心底。」

所以，老爺爺沒有忘記迪雅奶奶，可是也沒有把信寄出去，同樣是因為「放手」嗎？

我想，這個世上除了老爺爺外，沒有人能告訴我真正的答案了。

不過，「放手」真的是好事嗎？

「迪雅小姐，可是妳看來一點也不開心。」

我不明白，如果「放手」真的可以令人們重獲快樂，為什麼此刻的迪雅小姐仍是眩然欲泣呢？

「因為很痛喵。」

卡拉忽然搭話。我望向他，他便對我微笑，我第一次看到卡拉如此複雜的笑容，好像很無奈地掩飾什麼

「畢竟『放手』真的很痛喵，可是又不得不做。」

不得不做？

「或許現在會很痛苦喵，不過為了讓重要的人不再擔心自己，可以安心走向所屬的未來，也為了自己的未來不會錯過其他重要的事物，這點痛忍耐一下根本不算什麼。」

話畢，卡拉便挨著我的肩膀磨蹭。

「時間久了，就會振作起來喵！妳想想看，老爺爺和我們一起生活的那段日子，不是也很開心喵？」

老爺爺的慈祥笑容，頃刻浮現在我的眼前。

還有他身體健康的時候，每晚用膳過後坐在暖爐旁，跟卡拉和我一起下玻璃跳棋的情景。

每次卡拉忍不住把玻璃棋子一掌拍掉然後狂追，老爺爺便會笑得樂呵呵。那個笑容很親切、

很溫暖，而且……很幸福。

對啊，我至今才找到最合適的形容詞。

老爺爺沒有向迪雅奶奶表白，或許他選擇放手了，或許他曾經也有著不愉快的時候，但後來，老爺爺笑得很幸福。

不是現在，而是未來。

「迪雅小姐也一定會遇到妳喜歡他、他也喜歡妳的人啊。」

我誠心地祝福迪雅小姐，她頃刻臉紅紅的，再次露出一副想哭的表情。

「你們……也一定有很多事情想要告訴奶奶吧？我先回村落了。」

她站起來，拍拍黏在衣服上的蒲公英。

「如果……不介意的話，你們隨時可以來我家居住哦。」

她小聲地邀請，然而不待卡拉和我回答，便已一溜煙走下山坡。

「卡拉想到迪雅小姐家中作客嗎？」

我眺望迪雅小姐走在綠野間的小小身影，直到隱沒在森林之中後，不禁詢問卡拉的意見。

「蒲公英打算怎樣喵？」

沒想到卡拉居然反過來問我。

「我想在蒲公英的花海裡，迎來最後一刻。」

「這樣喵，魔力耗盡之前，本大爺會一直陪著妳喵。」

「然後啊……在這之後雖然看不見了，但我仍然想回到玩偶店。」

「那麼，本大爺帶妳回去就好喵。」

「卡拉，我這樣一味地要求，會不會很任性呢？」

「再多的要求本大爺也會一一辦妥，本大爺可是無所不能喵！」

「那麼現在可以稍微讓我躺一下嗎？」

卡拉馬上走到我身旁蜷成一團，從前看他這個模樣只覺得好像一張黑色的沙發，現在他的體型變大，小沙發也變成大床了。

我依靠在卡拉毛茸茸又軟綿綿的身體，他的心跳聲不疾不徐地傳來，聽著就覺得很窩心。記得每個晚上在玩偶店打烊後，我便會挨在卡拉身上，看書或是做著老爺爺交代的細活。自從踏上旅程後，我也鮮有機會這麼悠閒地躺在他懷內撒嬌了。

不知道現在玩偶店的情況如何呢？

有八點半街的大家維持著，應該不會有什麼問題。不過，究竟店裡的哪隻玩偶，在卡拉和我沒辦法顧店的時候，已經找到了新主人呢？

當卡拉帶我回到艾寶城時，大家說不定會嚇一跳，然後我便會成為整個玩偶店裡最骯髒、最奇怪的非賣品。

我會被卡拉放到櫃台上，一如以往地看著櫥窗外偶而飄下的楓葉，聽著古老大鐘滴答滴答的聲響，還有卡拉躺在貨架午睡的打呼聲。

不同的是，老爺爺不在了，而我也失去魔力——

「卡拉，要是我也變回普通的玩偶，不就只剩下你孤伶伶一個嗎？」

我沒辦法想像同時失去老爺爺和卡拉的日子，然而卡拉卻即將要親自面對。

「不用擔心，本大爺才不會寂寞喵。」

卡拉用尾巴繞著我的腰，他的聲音聽起來很溫柔。

「別忘了還有一整間玩偶店陪伴本大爺喵，太閒的話就去主人的墓前逛逛。要不然就去旅行喵，這個世界幾乎到處都是主人和蒲公英的足印，只要想到這點就不寂寞了。對喵！本大爺還可以回故鄉探望凱特，那裡有很多同族，所以才不是孤伶伶一個喵。」

「卡拉——」

聽到他的計畫，我驀然從卡拉的懷中掙脫而坐，怔怔看著他好久好久。

「怎麼了喵？」

直到卡拉不解地追問，我還是沒辦法把內心的那番話宣之於口。

——我捨不得。

可是，我說不出口。

要是我告訴卡拉捨不得，他說不定會很難過。

為了讓卡拉不再擔心自己——

為了令他可以安心走向所屬的未來——

我忽然醒悟。雖然話題早就結束了，然而直到現在，我才真正體會到「放手」的意義。

老爺爺說，魔偶的個性會跟魔偶師的想法或性格有些相似。我在猜想，說不定我跟老爺爺一樣，對某些事情十分後知後覺。

而現在我決定也跟老爺爺一樣，把這份心情和答案放在心底。

「卡拉，謝謝還有你在身邊。」

「本大爺才是喵，謝謝還有妳在身邊。」

我重新趴到卡拉身上，閉上眼睛，用心記住屬於他的觸感。

換作是我，只有我一個獨留在這個世界上，不知道會悲傷至何年何月。不過，卡拉不像我無知又遲鈍，他那麼開朗、聰明和活潑，即使老爺爺和我不在身邊，也一定會找到令自己活得幸福快樂的方法。

不是現在，而是未來。

而且，雖然凱特總是捉弄他，不過我認為她其實非常關心卡拉。

「卡拉，我想起來你還沒有跟凱特道歉呢。」

「喵嗚……回程時跟她說好了。」

卡拉有點勉強地答應我，然而我有點無法想像他會跟凱特說對不起，而凱特又大方地原諒他的情景。

說不定會變成這樣吧？卡拉雖然和她道歉了，可是最後受不了凱特的毒舌，打打鬧鬧起來。

「卡拉，如果莫斯溫婆婆也知道『放手』就好了。」

「總有一天她會明白的喵。」

總有一天嗎？

有一天，莫斯溫婆婆會帶著鮮花，和公雞、火車他們一起去探望已經下葬的奧蘿兒小姐。縱使知道永遠不能和妹妹相見了，但她看著墳墓時仍然掛上一抹滿足的微笑。

「卡拉，白雪會順利回到縞月城嗎？」

「大難過後，必有後福喵。」

那輛載著羊毛紗線的馬車，在純白的雪地印下馬蹄和車輪的痕跡。它載著白雪回到位於兩座高山之間的縞月城。

看著熟悉的雪景，總是惶恐不安的白雪大概會安心下來吧？不過，她該如何解決關稅這項難題呢？

「卡拉，不知道鹿妹妹和泰迪熊先生現在生活得如何呢？」

「喵，說不定要舉行婚禮了。」

真想為鹿妹妹親手製作一件最適合她的婚紗呢！

我相信泰迪熊先生會十分疼愛鹿妹妹，或許會栽種更多漂亮的花朵來粉飾他們的家園，然後在大石上放滿水果和蜜糖給鹿妹妹享用。鹿妹妹懊惱地比手劃腳，泰迪熊先生才想起魔偶不需要飲食，只好自己吃光那堆美食。

「卡拉，丹尼會跟白雪道歉嗎？」

「本大爺打賭，那小子一定會哭著道歉。」

白雪原本就住在縞月城，說不定在職員姊姊的通知下，丹尼和蓋比特先生將迫不及待地趕去城門迎接她。

丹尼的腳痊癒了嗎？那時候，已經可以跑跑跳跳，還是要撐著拐杖走路呢？不管他如何登場，當他看到白雪時還是會嚎啕大哭，拚命說對不起就是了。

雖然沒辦法再和大家碰面，今後的世界將與我毫無關係了，不過我仍想獻上這份微小的祝福，希望各位在這片天空的彼端，繼續生活得快快樂樂。

仔細回想，此刻我才真正認知，原來卡拉和我走過了一段多麼漫長的旅程，遇見了很多不同的魔偶和人類，和他們一起經歷過大大小小的冒險，成為了他們各個故事中的一部分。

然而當中最令我感到幸福的，還是能成為魔偶，一起和老爺爺、和卡拉在玩偶店平淡地生活的那段日子。

我走到和老爺爺相距很遠的地方，為什麼感覺仍然那麼靠近？

雖然事隔已久，但只要想起他慈祥的笑容，所有回憶就像一本厚厚的舊畫冊，一頁一頁，高速地翻掀著。

「卡拉，我似乎感受到了，老爺爺寫信時的心情。」

微風溫柔地吹來，蒲公英的旅程展開了，紛紛撲進蔚藍的天空中飛舞。

這份心情，就是「思念」了嗎？

後記

剛看完這個故事的你，幸會，我是灦霜。

請問你喜歡卡拉和蒲公英的歷險故事嗎？無論如何，我都深深感謝你的賜閱！

故事裡充斥著各式各樣的思念，而每個角色的表現方式也不盡相同。

有的會放在心底偶然回味；有的會繼承遺志；有的會麻醉自我；有的會耿耿於懷；有的會努力活得更好，不辜負期望。

即使歲月流逝，或許連他們的臉龐也變朦朧不清了，但我們總會記得，曾經有過這麼一個人存在，伴在自己身邊，創造過一段快樂時光。

我希望自己能珍惜每一次的相遇，感激身邊每一個人，所以也請容許我藉此機會逐一道謝。

謝謝台灣角川、謝謝當時的評審，謝謝你們給予我這個難得的機會，讓這故事出版成書。謝謝責編小Y，謝謝妳的建議和協助，令這個故事變得更成熟完滿，今後也請多多指教了。謝謝Chiya老師，謝謝妳的封面和插畫，真的非常非常可愛漂亮，但願未來有幸再和老師合作！

謝謝小鹿老師、謝謝夜透紫老師，謝謝你們毫不吝嗇給予我在作者路上的相關指導，沒有你們的話，相信我會一直緊張下去。謝謝筆尖的軌跡老師，很榮幸能與妳同屆同組別出道，希望日後的創作路上能與妳繼續互相扶持！

謝謝光、我的家人，還有各位朋友，感謝的話語早已和你們說過，所以就不在這裡詳述了。感謝名單有點長，對不起，說不定會悶到正在閱讀的你，可是正是因為他們，我才能排除萬難，透過這本書和你相遇啊。

一路以來我受到很多人的照顧和幫助，而現在也蒙受你照顧了，謝謝你。在此希望日後有幸再和你碰面！

蒲公英，其中一個花語是「在遠處為你的幸福而祈禱」。

人生有太多別離，而我們只能承載思念，在遠處為你的幸福而祈禱。

然後，帶著這份祝福，去迎接更多更美麗動人的相遇。

最後，僅將這故事獻給喵喵、ＢＢ、豆豆，願你們幸福。

瀰霜

國家圖書館出版品預行編目資料

承載思念的蒲公英 / 瀰霜作. -- 初版. -- 臺北市：
臺灣角川, 2015.09
　面；　公分. -- (Kadokawa fantastic novels DX)
ISBN 978-986-366-694-3(平裝)

857.7　　　　　　　　　　　　104014710

Kadokawa Fantastic Novels DX

承載思念的蒲公英

２０１５年９月２５日　初版第１刷發行

作　　者：瀰霜
插　　畫：Chiya

發 行 人：加藤寬之
總 編 輯：蔡佩芬
主　　編：陳正益
副 主 編：林秀儒
責任編輯：邱瓈萱
資深設計指導：黃珮君
美術設計：宋芳茹
印　　務：李明修（主任）、張加恩、黎宇凡

發 行 所：台灣角川股份有限公司
地　　址：１０５台北市光復北路11巷44號５樓
電　　話：（02）2747-2433
傳　　真：（02）2747-2558
網　　址：http://www.kadokawa.com.tw
劃撥帳戶：台灣角川股份有限公司
劃撥帳號：19487412
法律顧問：寰瀛法律事務所
製　　版：尚騰印刷事業有限公司
ＩＳＢＮ：978-986-366-694-3

香港代理：香港角川有限公司
地　　址：香港新界葵涌興芳路223號新都會廣場第2座17樓 1701-02A室
電　　話：（852）3653-2888